Si la luna nos viera tocaría nuestra canción

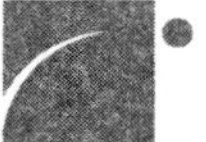

Si la luna nos viera tocaría nuestra canción

Paola Calasanz (Dulcinea)

Rocaeditorial

Primera edición: abril de 2019

Av. Marquès de l'Argentera 17, pral.
08003 Barcelona
actualidad@rocaeditorial.com
www.rocalibros.com

Impreso por Liberdúplex, s. l. u.
Sant Llorenç d'Hortons (Barcelona)

ISBN: 978-84-17541-12-5
Depósito legal: B. 6931-2019
Código IBIC: FA

RE41125

A ti, que me lees una vez más. Que te atreves a soñar conmigo,
a dejarte llevar por una nueva historia, o por un nuevo final.
A ti porque, sea como sea, me vas a acompañar de nuevo.
¡Disfruta del viaje!

1

Era frágil.
Se rompió,
pero no lo hizo
como cuando un cristal
se hace añicos, no.
Fue más bien
como cuando detonan
una bomba nuclear.
Invasiva.
Demoledora.
Lo curioso es que, aun estando rota,
seguía siendo preciosa.
No sé si será verdad o no,
pero él lo repetía una vez tras otra.

Cierro mi cuaderno tras escribir un poco de poesía, mi nueva terapia antiestrés, y me acerco a la inmensa cristalera que me separa de los grandes aviones, justo al lado de la puerta de embarque que en breve abrirá y me llevará rumbo a Chicago en busca del hombre que solo he visto en mis sueños lúcidos. Sé que si se lo cuento a cualquier pasajero de los que esperan conmigo pacientemente a que el avión despegue pensarán que me he vuelto loca.

Que alguien aparezca en tus sueños reiteradamente no debería dar pie a dejarlo todo y correr tras él. Podría ser incluso que solo fuera fruto de mi imaginación, que no fuera real. Pero ¿quién sabe qué es lo correcto cuando el corazón manda? ¿Qué harías tú si tuvieras la certeza de que el resto de tu vida está ligada a esa persona que, aunque no la conoces, para ti es tan real como el oxígeno que respiras?

Siempre he sido una mujer bastante racional. Nunca creí que me vería así. Sentada, a la espera de cometer la mayor locura de mi vida.

Esta mañana, al entrar en el aeropuerto con destino a París por negocios, creía que mi vida no tenía mucho sentido, vivía recreando mis sueños lúcidos conectada a la máquina y tratando de recordar a Pau, evocando el verde de sus ojos, su sonrisa, el tacto de sus manos en mi piel...

Pero cuando lo he visto a lo lejos... A él. Al Pau real, en carne y hueso. Al Pau que hasta hoy nunca había visto en la vida real. Era él. Sé que lo era. Toda mi existencia ha dado un giro radical de ciento ochenta grados y ya no puedo seguir como si nada. Debo encontrarlo. Verlo embarcar en un vuelo a Chicago me ha hecho tener dos certezas muy profundas. La primera: no estoy loca y Pau existe, y la segunda: vive en Chicago o cerca y eso lo explica todo.

Los grandes aviones emprenden sus vuelos a lo lejos en la pista de despegue mientras veo a los pasajeros a mi alrededor para arriba y para abajo de la terminal. Todos tan ajenos a mi historia. Yo tan ajena a sus vidas. Vidas. Todos tenemos una, tan distinta y a la vez tan igual. Me pregunto cuántas de estas personas estarán pasando por un momento como el mío, cuántas estarán enamoradas, cuántas estarán terminando o a punto de terminar una relación, cuántas quieren estar solas...

Me siento tan diminuta que asusta. No somos nada para el mundo; sin embargo, nos creemos imprescindibles. Ni yo, ni Pau ni nadie es una pieza clave para que la vida siga su curso, pero todos queremos vivir nuestra vida. Y yo ya me he cansado de posponer la mía.

Me vienen *flashes* de todo lo vivido con Pau y me siento fuerte y empoderada. Se ha acabado trabajar para Alfred, se ha acabado no luchar por lo que realmente quiero en la vida. Sé que este viaje será un antes y un después en mi diminuta existencia. Pase lo que pase, así será.

Trasteo mi teléfono antes de guardarlo en modo avión en el bolso y caigo en la cuenta de que no he avisado a mis amigos del cambio de planes. Sin duda, debo hacerlo cuanto antes.

Yo: «Chicos, sentaos porque lo que os voy a contar os va a dejar sin aliento. Me acabo de cruzar con Pau en el aeropuerto, sí, Pau, el de los sueños. Sé que parece imposible o demasiada casualidad, pero era él. Lo he visto embarcando en un vuelo a Chicago y aunque he corrido no me ha dado tiempo de llegar hasta él. Sé que me mataréis pero he comprado un billete para el siguiente vuelo a Chicago y aquí estoy, a punto de embarcar hacia el estado de Illinois. No sé ni por dónde empezar una vez esté allí, pero sé que es lo que debo hacer. Porfa, decidme que soy la prota de una película de amor increíble porque si no, me deprimo, jejeje».

Pablo lo lee al instante y es el primero en contestar:

Pablo: «*Oh my god!!* ¡Qué fuerte!».

Marta: «Te llamo».

Yo: «¡Cómo no, Marti!».

Y al instante suena el teléfono, de verdad que mi mejor amiga es la hostia.

—¡Tía, no me creo que te lo hayas cruzado!

—Ni yo...

—¿Estás segura, Violeta?

—¿Tú lo estarías si te cruzaras a Billy?

—Cielo, no es lo mismo…

—Para mí, sí —le respondo tajante.

—De acuerdo, de acuerdo. Y ahora ¿qué?

—Este es el problema. No tengo ni idea… Me plantaré allí y ¿qué hago?, ¿por dónde empiezo?

—Bueno, pues… Él es músico, ¿no?

—Sí, pero no sé a qué nivel…

—Pues bar por bar… Busca pubs donde toquen en vivo, salas de conciertos…

—Marta, ni siquiera sé su nombre completo, ni tengo una fotografía de él.

—Buah, es que es una locura.

—Gracias… —Me desanimo.

—No, no, no. Creo que haces lo correcto. Por una vez en la vida, estás haciendo algo con todos tus sentidos. Saldrá bien. Pero no será fácil. Voy a pensar, se me tiene que ocurrir algo más.

—Aún no he llamado a Alfred. Dejo el trabajo. Se acabó.

—Violeta, cielo… ¿No es mejor que le pidas unos días de fiesta y lo pienses bien?

—Acabo de tener unos días de fiesta, no puedo pedírselo de nuevo. Necesito crear mi propio proyecto. Abrir mi propia galería.

—Mmm, ¿esto va en serio? No te reconozco.

—Ya, ni yo. Pero sí, es lo que quiero y me esforzaré por ello.

—Veo que lo tienes todo muy claro, no tengo más que decir. Te apoyo, cari.

—Gracias, Marti. Te llamo cuando aterrice, por favor, piensa en un plan.

—Lo haré. Buen viaje, amor. Disfruta y no tengas miedo. Todo irá bien.

—¡¡Gracias!!

Tengo que llamar a Alfred y avisarle de que no voy a ir a la reunión en París. Me sabe fatal fallarle así, es un gran jefe a pesar de sus excentricidades. Me armo de valor y lo llamo.

—Violeta, buenos días, ¿ya aterrizaste?

—Alfred, verás... He tenido un contratiempo personal en el aeropuerto y no voy a poder volar a París.

—¿Cómo? ¿Qué ocurre?

—Es largo y ahora no puedo hablar. Estoy bien. Solo te aviso para que canceles la reunión. Tengo que salir de viaje por temas personales y no sé cuándo volveré...

—Violeta..., ¿estás bien? Llevas semanas muy extraña y ahora esto. No sé qué decir.

—Lo siento de veras, pero necesito hacerlo. De verdad que siento mucho avisarte así y dejarte colgado, pero ahora soy yo la que necesita este tiempo.

Hace unas semanas fue él quien desapareció por motivos personales, así que espero que me entienda.

—Está bien, Violeta, llámame mañana, cuando estés más calmada, y hablamos del asunto. ¿Te parece?

—De acuerdo. Gracias. Tengo que colgar.

—Mejórate, Violeta, pase lo que pase.

—Sí, gracias.

Cuelgo y tomo aire. Un peso menos encima.

Veo cómo la azafata abre la puerta de embarque y me levanto para ser de las primeras en subir al avión. Los nervios empiezan a ser cada vez más reales, así que trato de controlar mi respiración. Me quedan muchas horas por delante y no puedo pasar todo el vuelo con taquicardias. Le tiendo mi billete a la azafata y me abro camino hacia el *finger*.

Una vez me instalo en mi asiento rebusco en mi equipaje de mano el cuaderno que me he comprado hace apenas dos días para empezar a escribir todo lo que me ronda por la cabeza.

Mil frases, poemas y sinsentidos vienen a mí cada vez que pienso en Pau y en todo lo vivido. Por ello he decidido plasmarlo todo en papel a modo de terapia. Y, por qué no, también como crecimiento creativo.

Lo estreno ahora mismo con las primeras frases desordenadas que acuden a mi mente.

Es absurdo el modo en el que, a veces,
nos fijamos en personas que no deberíamos.
Personas como tú.
Alguien en quien jamás me hubiera fijado.
No porque no deslumbres con solo mirarte
sino porque asustas.
Sí, tú.
Alguien tan lleno de vida
que da miedo no estar a la altura.
Y probablemente tú tampoco te hubieras fijado en mí.
Y no por eso de la luz que me ocurre contigo
sino por todo lo contrario.
Porque ahora que te conozco,
sé que he vivido toda la vida a oscuras.
Y ese día llega.
Coincidimos, nos miramos
y mi mundo se llena de luz.
Esos sinsentidos con nombre y apellidos
que te cruzas por el camino…
Tan reales como una bofetada en la cara.
Pero con efectos secundarios distintos.
Estos te hacen crecer las ganas, el deseo, la magia...
Y te preguntas una y otra vez:
¿Será el destino o seré yo,
que me he vuelto completamente loca?
Porque cuando te enamoras

de personas que no deberías
es lo más cerca de la locura
que vas a estar en toda tu vida.

Exhalo tras la inspiración, cierro el cuaderno, me recuesto en la ventanilla del avión y cierro los ojos.

Tras once horas de vuelo, cinco películas cada cual peor y comerme todas las chocolatinas del servicio de *catering* aéreo, aterrizamos en Chicago sin ningún contratiempo. Hemos llegado media hora antes. ¡Estupendo!

Salgo del avión de las primeras y, como solo llevo equipaje de mano, no tengo que esperar a que salgan las maletas. Recorro la gran terminal y ojeo rápidamente el ajetreo de cientos de viajeros. Pau podría estar aún dando vueltas por el aeropuerto. «Sería demasiado fácil. Olvídalo, Violeta.»

Caigo en la cuenta de que no tengo dónde ir ni dónde hospedarme, así que decido tomármelo con calma. Me acerco a la cafetería más grande, me pido un *matcha latte* y abro el teléfono para buscar algún hostal económico. No puedo permitirme un gran hotel, así que buscaré algún motel o una habitación en alguna casa. Lo primero es lo primero, investigar la zona. Abro el buscador y tecleo: «Estado de Illinois».

Illinois es un estado del Medio Oeste norteamericano que linda con Indiana al este y con el río Misisipi al oeste. Es conocido como el Estado de la Pradera y se caracteriza por sus granjas, bosques, colinas y pantanos. Chicago es una de las ciudades más grandes de Estados Unidos y se encuentra al nordeste, a orillas del lago Míchigan.

Interesante, pensaba que sería un entorno más urbano y veo que estoy rodeada de naturaleza. Genial. Menuda experiencia me espera.

Rebusco algún alojamiento barato para larga estancia, tipo tres semanas, pero todo es carísimo en Chicago y empiezo a desesperarme. Tras media hora divagando por distintas webs, veo una oferta para alquilar una habitación en un pequeño rancho al este de Illinois, en un pueblo que parece encantador y se llama Galena.

Está a unas dos horas y media en coche de Chicago, demasiado lejos, pero es todo lo que puedo permitirme y tampoco es que quiera pasarme horas buscando y buscando desde la cafetería del aeropuerto. Ningún alojamiento más de los que he visto está a mi alcance. Además, en el anuncio pone que si se presta ayuda en el rancho, el precio baja al cincuenta por ciento. Este es mi lugar.

Llamo y una encantadora mujer me atiende. Tiene libre una última habitación, estoy de suerte. Me ofrezco a trabajar en el rancho a cambio del hospedaje y a la mujer le parece maravilloso. Solo necesito alquilar un coche y conducir hasta Galena. Una vez instalada, trazaré un plan para llegar a Pau.

Una sensación de adrenalina se apodera de mi cuerpo y me siento mucho más animada que esta mañana. Estoy muy cansada, es muy tarde y tengo sueño; el cambio horario me va a matar. Pero por primera vez desde que me he embarcado en esta locura, siento un halo de esperanza. «¿Qué estaría haciendo Pau en Barcelona?», me pregunto mientras me dirijo a la central de alquiler de vehículos. ¿Habrá ido a buscarme y se habrá vuelto sin éxito? Qué sentido tiene si no que estuviera en el aeropuerto de El Prat. Él sabe que yo soy de Barcelona por todo lo que hemos vivido en los sueños lúcidos. Sabe que conozco bien la ciudad y si ha investigado un poco sobre las ciudades en que Christian Hill está probando en fase experimental su máquina de inducción a sueños lúcidos habrá dado fácilmente con Barcelona. Lo que no me cuadra es el nombre catalán de Pau, que hable perfectamente en español y en catalán siendo de Illinois. Quizá vive aquí pero es de España...

Sea como sea, dejo estas dudas para más adelante; lo primero es llegar al rancho, instalarme, descansar un poco y trazar el plan.

2

Tú no tienes ni idea de lo que mi piel pide a gritos.
Y mucho menos que me lo pide contigo.
Que me lo pide todo el rato,
sin parar.
Sin tregua.

Son las ocho de la tarde en España, es decir, siete horas menos en Chicago, la una del mediodía. Conducir por los Estados Unidos es como estar en una película americana: los paisajes, las señales de tráfico, los pueblecitos que cruzo; todo es tan diferente, tan nuevo... Grandes extensiones verdes se abren paso a cada lado de la carretera. Llevo dos horas de viaje y apenas he visto ciudades desde que dejé Chicago atrás. El GPS marca diez minutos hasta el rancho. Parece que ya casi he llegado.

Veo a lo lejos un gran lago y muchas casitas con un porche que da a la orilla. Una estampa de postal que, si no fuera por el frío de finales de noviembre, daría ganas de bañarse e instalarse en una de ellas. Esta zona está repleta de ranchos con edificios de madera, muy separados unos de otros por grandes extensiones de pradera y bosque, y los pueblos parecen lugares acogedores donde todo el mundo se conoce, con un montón de tiendecitas locales, pequeñas y bien cuidadas. Los supermercados y centros comerciales están en las afueras, eso hace que los pueblos sigan manteniendo ese aspecto íntimo y conservador tan típico de Estados Unidos.

La verdad es que estoy acostumbrada a viajar sola y eso me facilita las cosas. Por trabajo he viajado mucho y es algo que me gusta hacer.

Sigo las últimas indicaciones del GPS y llego frente a una verja de madera que está abierta; a un lado hay un gran cartel tallado a mano que pone: «*Welcome* Galena Ranch». He llegado.

El emplazamiento parece precioso, un camino de tierra conduce de la verja a una casa de madera pintada en tonos rojizos. Me decido a entrar tras no ver ningún timbre y, justo cuando estoy enfrente de la casa, aparecen dos perritos jovencitos dando saltos y ladrando como si fueran dos dóberman. Qué graciosos. Se les ve alegres, aunque ahora están defendiendo la casa con todas sus fuerzas.

Una mujer joven sale por la puerta y me saluda animadamente:

—Buenas tardes, bienvenida.

—Buenas tardes, gracias —le contesto mientras bajo del coche y cojo mi bolso del maletero.

—¿Tan poco equipaje para tantas semanas?

Me hace reír y ella también sonríe.

—Es una larga historia… —le contesto sin pensar.

—En este rancho nos encantan las historias. Estás en tu casa —me dice mientras me da paso a un gran comedor lleno de cuadros de caballos, trofeos que seguro están relacionados con el mundo ecuestre y una decoración muy acogedora.

—Gracias por ofrecerme hospedaje en el último minuto.

—Nada, mujer, es nuestro trabajo. ¿Has comido? ¿Cómo llevas el *jet lag*?

—No, aún no, pensaba ir ahora a por algo de comida. Y el *jet lag*, terrible, me muero de sueño.

—Por aquí no encontrarás gran cosa. Pero mi marido

Chris está cocinando. Te lo presento. Deja la maleta por aquí, ahora te muestro tu habitación. ¿Cuál era tu nombre? Disculpa, no tengo a mano la reserva…

—Ostras, perdona, mi nombre es Violeta.

—Yo soy Bonnie, que tampoco me he presentado.

Bonnie me da dos besos y un abrazo y me presenta a Chris. Parecen una pareja encantadora, tanto que por un instante me dejo llevar por la imaginación recordando aquellas series de Netflix que tanto me gustan en las que una pareja encantadora secuestra a una joven extranjera como yo en el sótano de su casa en las afueras. Si, a veces soy un poco retorcida. Pero dejando mi mente paranoica y fantasiosa de lado, este rancho me da muy buenas vibraciones.

Caigo en que aún no he escrito a mamá ni a mis amigos mientras Bonnie me acompaña a una bonita habitación al fondo del primer piso, con baño propio y espacio suficiente para practicar yoga por las mañanas. La ropa de cama es granate con herraduras de caballo estampadas en dorado. Las cortinas van a juego y los cojines parecen tejidos a mano en tonos tierra.

Saco el móvil y le indico a Bonnie que voy a hacer unas llamadas y bajo a comer.

—Por supuesto, Violeta, yo también estoy acabando una colada. Ven cuando desees. Si no, te dejamos el plato listo en la cocina para cuando tengas hambre. Invita la casa. Comida de bienvenida.

Bonnie me dedica una sonrisa con su perfecta dentadura blanca; debe de tener unos cuarenta años, si llega, y es muy guapa.

El teléfono suena dos veces antes de oír la voz aliviada de mamá:

—Gracias a Dios, Violeta, no conseguía hablar contigo.

—Mamá, estoy en Estados Unidos, tenía los datos desactivados. Tranquila.

—¿Cómo estás? ¿En qué parte de Estados Unidos?

—En un rancho de Illinois, hospedada con una familia muy amable, a unas dos horas de Chicago. Ha sido genial, ya que los alojamientos en la ciudad son carísimos. He alquilado un coche y aquí empieza mi aventura.

—Me recuerdas a mí de joven, eres una cabecita loca.

—Tienes que ayudarme, mamá, tenemos que encontrar a Pau. Usa tus dotes de pitonisa.

—¡Y dale la niña con llamarme así!

—Ya me entiendes... Sé que puedes ayudarme.

—Lo haré. Lo haré. Menos mal que me has llamado, hija, me podré ir a dormir tranquila. ¿Qué hora es ahí?

—La hora de comer.

—Bien, pequeña, pues ve con mucho cuidado y cuéntamelo todo.

—Sí, mamá. Te quiero. Dale un beso a papá de mi parte.

—Vale, cariño. Disfruta y sigue luchando por lo que deseas.

Mamá siempre ha sido tan asustadiza y a la vez tan atrevida que me desconcierta. Sé que una parte de ella tiene miedo por mí, pero la otra vibra con emoción para que encuentre a Pau y pueda vivir mi gran historia de amor. Cree que me lo merezco después de tantas rupturas. En fin, madres.

Aprovecho que tengo el teléfono en la mano para mandar un mensaje al grupo de amigos.

> Yo: «Ya he llegado, me he instalado en un rancho en las afueras y empiezo a trazar el plan. Se aceptan sugerencias».

Marta no tarda ni cinco segundos.

> Marta: «He hecho los deberes por ti, te paso el listado de los clubs de blues de Chicago más legendarios; empieza por esos, mañana te pasaré los más famosos del estado. Daremos con él. Ahí van».

Y me adjunta una lista así de completa:

Kingston Mines. Tocan blues y country los viernes, los sábados solo rock.

Rosa's Lounge. Tocan todas las tardes, de 7 a 10, música folk americana.

Buddy Guy's Legends. De viernes a domingo conciertos de artistas locales que hacen homenaje al blues.

B.L.U.E.S. De miércoles a sábado conciertos todas las noches de blues y soul.

Blue Chicago. Solo los domingos, blues en directo y micro abierto.

House of Blues Back Porch Stage. No he encontrado programación para este, tendrás que buscarla tú.

River Roast. Todos los viernes música en vivo.

The Smoke Daddy. Sábados y domingos country y folk.

Me quedo asombrada de la búsqueda de Marta y del peregrinaje que me espera por todos esos locales.

Yo: «Joder, tía, mil gracias... Ya tengo por dónde empezar, sin duda. ¿Tú irías a cada uno de esos sitios preguntando por él, por Pau? Es que quizá su nombre artístico es otro y sin apellidos ni nada...».

Marta: «¡Tía, estás tonta! Imaginaba que eso ya se te había ocurrido... Has de ir a la clínica que tenga ahí Christian Hill, desde donde se hagan las conexiones en Chicago. Cuéntales todo, ellos podrían darte sus datos si logras ser convincente».

Pablo: «¡Hostia! Menos mal que tenemos a Martita».

Yo: «Jajaja, es verdad. Me pongo a localizar la sede esta tarde mismo. Llamaré primero y si hace falta, pido hora. Y en cuanto a los datos, no creo que me los den, pero les puedo pedir el favor de que me permitan dejarle una nota y se la entreguen cuando él vaya, ¿no? Si es que va, claro...».

Max: «Perdonad, chicos, que estaba liado escribiendo. Sísísísí, ¡gran idea! Somos un equipo».

Marta: « Os quiero. Os dejo, que vamos a dormir. Te veo mañana, Pablo, después de yoga. Violeta, te echaremos mucho de menos».

Yo: «¡Buenas noches, chicos, yo voy a comer, que aquí aún es el mediodía! *Bye bye!*».

Dejo el móvil cargando y saco el cuaderno. Me siento entusiasmada con la gran idea de Marta.

Ni te imaginas la de veces que he soñado contigo,
que las ganas se me han vuelto locas
y la esperanza se me ha hecho añicos
al despertar y ver que no eres real.

Que soy yo la que busca y busca,
y tú el que nunca estás.

Pero pienso acabar con todo,
con todo lo que hay entre la ausencia y tú.
Porque te voy a encontrar,
estés donde estés,
seas quien seas.

Y al verme tendrás tan claro como yo
que tenía que ocurrir.

Que hay personas que se buscan toda la vida
aun cuando ni siquiera saben que existe esa otra mitad.

Cierro el cuaderno, aunque no muy orgullosa de mi segundo poema, y bajo en busca de mis anfitriones. No les puedo hacer el feo de no sentarme a la mesa con ellos, y la verdad es que me muero de hambre.

—Violeta, sírvete tú misma. Tienes huevos rancheros de nuestras gallinas, ensalada de arroz, maíz y un poco de carne.

—Genial, gracias. No como carne, tomaré la ensalada de arroz. Menuda pinta. Gracias.

Hay comida para una familia entera.

Me siento con ellos a la mesa del comedor justo cuando llegan dos chicas de unos veinte años y un chico de mi edad. Parecen trabajadores; nos saludan y se dirigen a la cocina a por comida. Ahora entiendo la cantidad de comida que ha hecho Chris. Se sientan a nuestro lado y nos desean buen provecho. Sin duda, son trabajadores del rancho.

—Tenéis una casa preciosa —les digo a Bonnie y a Chris, aunque no he visto ni una tercera parte de las instalaciones.

—Oh, gracias, ahora te mostraremos el rancho y los trabajos que tendrás que realizar si lo deseas.

—Sí, claro.

—Te encantará —me dice el chico que acaba de sentarse a la mesa con el plato hasta los bordes—. Soy Dexter, encantado.

—Igualmente. Soy Violeta.

—Katerin —se presenta una de las chicas.

—Yo, Jill —se presenta la otra.

—Jill, Dexter y Katerin se van mañana. Han estado tres meses con nosotros y ha sido una experiencia genial.

—¿Qué hacéis exactamente aquí? —les pregunto a Chris y a Bonnie.

—Oh, pensé que conocías nuestro proyecto.

—No, no, la verdad es que os encontré buscando alojamiento y fue todo rodado, pero no sé muy bien a qué os dedicáis ni cómo funciona esto.

—Somos un centro de recuperación de caballos. En su mayoría, caballos que se han lesionado o han sufrido un accidente en competiciones. Los rehabilitamos y les damos un retiro digno. No tenemos subvenciones ni ayudas. Por eso necesitamos siempre gente que nos ayude. Cuando el dueño de un caballo se cansa de él, lo manda al matadero. Chris y yo hemos montado y competido desde jovencitos, nos conocimos así. Ahora preferimos cuidar de los animales fuera de los torneos y la competición. Hay mucha falta de información relacionada con este mundillo. Ya te iremos contando. ¿Te gustan los caballos?

—Me encantan, me he criado en un pueblecito del Pirineo en España y he vivido rodeada de ellos. De pequeña solía montar con mi padre los fines de semana.

—¡Estupendo pues!

—Siempre alquilamos habitaciones para poder pagar a los trabajadores del rancho y alimentar a los caballos. Por eso también ofrecemos un hospedaje más barato si los inquilinos nos ayudan con los cuidados básicos. Y ahora dinos, si no has venido hasta aquí por los caballos, ¿qué te ha traído a este lugar perdido del mundo?

—Vais a creer que estoy loca, pero ¿conocéis la máquina del científico estadounidense Christian Hill que te hace soñar con una vida idílica?

—¡Sí, claro! —contesta Bonnie.

—Pues me sometí a la máquina desde España y…

—Ostras. ¿Y qué tal la experiencia? —me interrumpe Chris muy interesado.

—Bien, bastante bien… Me enamoré de un chico, Pau; él aparecía siempre en mis sueños lúcidos y fue tan real que ya no puedo vivir sin él... El problema es que no tengo cómo encontrarlo en la vida real. Me preguntas qué hago aquí... Pues buscarlo.

—¿Y cómo sabes que está en Illinois si no sabes de dónde es?

—Eso es lo fuerte. Ayer estaba en el aeropuerto de Barcelona esperando un vuelo para París, por un viaje de negocios, cuando lo vi de lejos. No llegué a tiempo de alcanzarlo, pero os juro que sé que era él.

—¡Dios mío! ¡Parece de película! —dice Bonnie emocionada.

—Lo es. —Me río animada por compartir esta locura con alguien.

—El caso es que solo alcancé a ver adónde se dirigía. ¿Adivináis?

—¡A Chicago! —suelta Chris.

—Ajá. Y aquí estoy. Corrí tras él como en las películas. ¿Creéis que he perdido el juicio?

—Nooo, para nada —me dice Bonnie como si fuéramos amigas de toda la vida; la verdad es que hemos conectado rapidísimo y me siento supercómoda—. Creo que has hecho lo correcto. Lo encontrarás. Yo te ayudo si hace falta. Faltaría más.

—Pues te lo agradezco de corazón. Por ahora, voy a preguntar en todas las sedes de Christian Hill. Después visitaré una serie de locales con actuaciones musicales, pues él toca en directo. No sé si lo hace en Chicago, podría ser en cualquier otra ciudad del estado. De hecho, podría ser que ni viva aquí y solo viniera, qué sé yo, por negocios. Pero espero que sea por una razón no demasiado privada, por alguna excusa pública que pueda rastrear... Tengo que empezar por algún lado.

—Ostras, ¿cómo dices que se llama? —me pregunta Chris.

—Pau... No sé sus apellidos.

—No es muy americano ese nombre.

—Ya, eso es lo que no me cuadra, es un nombre catalán... Pero estoy segura de que se conectaba desde Estados Unidos, y como el avión lo traía aquí...

—Mi hermano es músico, toca en una banda de rock. Si él es un músico local, seguro que lo conoce. Luego lo llamo y le pregunto. Aunque si toca con un nombre de banda o artístico, no será fácil. Pero te ayudamos, mujer.

—No sé cómo agradecéroslo.

—No tienes que agradecer nada. El amor es lo primero. —Bonnie me sonríe y me sirve más comida.

—Gracias, chicos.

Acabamos de comer bastante rápido y Bonnie propone hacer un té y contarme un poco las tareas del rancho para ver en cuáles me apetece más colaborar. Por supuesto, quiero ayudarlos, y más después de ver lo majos que son.

Es muy tarde para empezar a hacer llamadas a los centros de Hill, así que voy a aprovechar para acostarme temprano y descansar. Me esperan unos días intensos.

—Te enseño todo esto, ¿vamos? —me anima Bonnie.

—Claro.

La sigo hacia el establo, que está al lado de la casa, y me quedo maravillada. Una hilera de cuadras individuales de madera color claro y hierro forjado en negro forman una imagen simétrica y ordenada. Compruebo que la mayoría están vacías y me aventuro a preguntar:

—¿Dónde están los caballos?

—Oh, se me olvidaba que no conoces nuestra labor. —Se ríe—. No tenemos a los caballos estabulados. Estas cuadras son solo para cuando hay animales en cuarentena o enfermos, como Jack —me dice mientras me señala un precioso caballo negro enorme que come heno en una de las cuadras—. Todos los ya rehabilitados están pastando en las praderas. Viven en manadas, son animales gregarios.

—No tenía ni idea.

—Es normal, la gente no suele saber mucho del mundo del caballo. Piensa que aquí lo que hacemos es darles una jubilación digna.

Al llegar a la última cuadra, se abre ante nosotras una amplia llanura repleta de hierba alta y fresca. Un grupo de caballos está pastando y la estampa me recuerda a la película *Leyendas de pasión*.

—Habéis creado un espacio precioso —le digo maravillada.

La luz del atardecer se cuela entre los árboles de la colina y el grupo de caballos queda iluminado de un modo que puedes apreciar hasta las motas de polvo y tierra que levantan al caminar.

—¿En qué podría ayudar?

—Por ahora, todo lo que necesitamos es alguien que se encargue de poner agua en el bebedero todas las mañanas, que revise que en las cuadras que esté todo correcto y que limpie un poco el guadarnés. A algunos caballos todavía los montan sus antiguos dueños, que vienen a visitarlos y los sacan al bosque a pasear. Siempre con respeto y a modo de paseo. Intentamos que los monten solo con una manta, nada de sillas de montar. Ya te iré contando.

Paseamos un ratito por la preciosa llanura y Bonnie se muestra cariñosa con cada uno de los caballos que me va enseñando. Uno de ellos es un auténtico mustang americano, de los pocos que quedan salvajes en Estados Unidos. Tres apalusas, una raza típica de los nativos americanos, dos caballos árabes y tres de otras razas no tan conocidas. No tienen nada que ver con los caballos que estoy acostumbrada a ver pastar en los Pirineos. Esos son bajitos, más bien rechonchos y muy tranquilos. Estos, a pesar de la edad, lucen fuertes, esbeltos y potentes. Se nota que muchos de ellos han sido ejemplares de competición.

Tras nuestro paseo, volvemos a la casa y Bonnie me muestra dónde están todas las cosas para que me sienta a gusto. Le digo que no saldré a cenar y me despido de ellos hasta mañana.

Ahora sí, necesito dormir. Pero antes debo seguir poniendo en práctica mi escritura. Empiezo a cogerle el gusto y realmente me ayuda a desahogarme. Muerta de sueño, aún me viene una brisa de inspiración al recordar los ojos verdes y profundos de Pau...

Tu piel tiene que ser suave
y a la vez arañar como mil cristales rotos.
Porque encierras en una sola mirada
la dulzura y la ferocidad
de alguien que ha tenido el alma rota.
La ferocidad de un niño
cuando camina por primera vez,
cuando da su primer salto,
cuando sufre su primer traspié.
Feroz,
feroz como una manada de lobos
aullando en plena noche
sin importarles si la luna está llena o no.
Tan feroz como desnudarte para alguien,
como hacer el amor por primera vez,
como la primera vez que te parten el corazón,
como bañarte en altamar,
como saltar de un avión sin paracaídas,
como volar,
como atreverse,
como soñar.
Como mirarte.
Como mirarte y descubrir,

que escondes universos en la mirada.
Universos que hablan de mí.
Universos en los que me reconozco.
Feroces e inolvidables,
como cruzar una llanura contigo.

3

Cuando desde la distancia
alguien logra hacerte temblar,
entonces eres suyo.
Ya no hay marcha atrás.

Amanezco un poco desorientada. Demasiados cambios en poco tiempo. «Estoy en Galena», me digo a mí misma. La calidez de mi nueva habitación y el modo en que el sol se cuela por la ventana a través de las cortinas me tienen encantada.

Me desperezo despacio y, aún en *top* y braguitas, me levanto y realizo un par de estiramientos de yoga. Practico la postura de la cobra varias veces, volviendo siempre a la pose del niño. ¿Por qué tendrán nombres tan poco originales? Estiro y tomo aire relajándome con los rayos de sol iluminándome la cara. Repito las posturas cuatro veces más y acabo con un saludo al sol. Mi favorito.

Pienso en Marta, en Barcelona y en lo lejos que estoy de ellos. Hoy tengo todo el día por delante para ir a Chicago e iniciar mi investigación. Hasta mañana no empezaré mis tareas en el rancho, así que tengo que aprovechar este día libre.

Entro en la cocina y veo que no hay nadie. Una notita con

una carita sonriente apunta: «Estamos en el porche». Salgo para dar los buenos días. Bonnie y Chris, vestidos con camisa de cuadros y vaqueros, están tomando café y tostadas con chutney de tomate y huevos.

—Empezáis el día a tope —les saludo, señalando su plato.

—¡Sí! ¡Eso siempre! ¿Te apetece desayunar?

—No, mejor me hago un té; no tengo mucho apetito por las mañanas, pero reconozco que el desayuno americano es muy tentador. Quizá un día me una al plan.

—Cuando quieras —dice Chris y se ríe—. Ya sabes, en América todo se hace a lo grande.

—¡Y que lo digas! Voy a salir ya para Chicago, a localizar la sede del centro Hill. Os dejo mi número de teléfono por si hay cualquier cosa, ¿os parece?

—¡Claro, ideal, guapa! —dice Bonnie tan sonriente como siempre.

—Hablé con mi hermano ayer sobre ese tal Pau —me informa Chris—. De primeras, me dijo que no le sonaba, que si conociera a alguien con ese nombre lo recordaría y que seguramente actúe con una banda. Me ha preguntado si tienes alguna foto o algo.

—Ojalá… Dile que es alto, castaño claro con el pelo corto, ojos verdes y una sonrisa perfecta.

—Bueno, creo que es un físico bastante común aquí, pero se lo comentaré. ¿Qué género musical toca?

—Principalmente blues y country. Toca una guitarra acústica y lo hace de maravilla.

Chris se ríe.

—Las mujeres cuando os enamoráis sois de lo más graciosas

—Anda ya, Chris, deja a la chica que describa como quiera a su príncipe azul.

—Si no he dicho nada malo. —Bromean entre ellos y se ve lo unidos que están.

—Si necesitas algo, dinos, ¿vale? Apunta nuestros teléfonos.

Chris me da los números de los dos y amablemente me explica cómo llegar a la zona donde se encuentra el centro de Christian Hill en Chicago. Chris es el típico americano rubio con barba cobriza y ojos color miel. Es guapo, me atrevería a afirmar que un poco más que Bonnie, aunque es tan encantadora que eso la hace irresistible.

Me preparo un té para llevar en la cocina y busco en el GPS la dirección exacta. Paso de llamar antes, iré directamente y si no hay suerte, empezaré con los locales de la ciudad. Marta ha hecho un buen trabajo de investigación, luego la llamaré para contarle cómo va todo. Me pongo un rooibos con canela en un vaso de plástico que encuentro por la encimera.

Hace un día magnífico, un sol brillante de finales de otoño. La brisa en este bonito valle es deliciosa aunque helada. Me recuerda tanto a casa… A papá y a mamá.

Subo al coche y salgo rumbo a Chicago.

Ante mis ojos, de nuevo el paisaje verde y amplio, los grandes valles llenos de casitas y animales, vuelve a enamorarme. No tiene nada que ver con España. Me encanta, vuelvo a sentirme en una película en busca de mi amor perdido.

Pongo la radio y sintonizo al azar un canal de country. La guitarra suena afinada y perfecta, un solo de country llena el coche de una melodía que me transporta. La canción parece estar acabando, cuando el cantante entona la última estrofa se me cierra el estómago de golpe.

«No puede ser, no puede ser. Maldita sea, es Pau.» Miro rápidamente qué frecuencia está sonando y trato de parar el coche y sacar el móvil para grabar la canción, pero no me da tiempo.

En cuanto logro retirarme al arcén, la canción ha acabado y ha empezado a sonar otra. «No puede ser. Era su voz, no me estoy volviendo loca. Lo sé.» Anoto rápidamente en mi teléfono la frecuencia: 86.3. He de averiguar qué emisora es, llamar a sus estudios y preguntar. La canción era preciosa, pero no la había oído jamás. Si es él y está sonando por la radio, significa que es un cantante importante. O famoso. O quizá es una radio local de la zona y no es más que un grupo *amateur*. Sea como sea, he de localizarla.

Busco el número de Bonnie, recién añadido a mi lista de contactos, y le mando un mensaje.

Yo: «Hola, Bonnie. Acabo de escuchar a Pau cantando en la radio. En la frecuencia 86.3. ¿Te suena? ¿Qué emisora es? ¿Me ayudarías a localizar el teléfono? Tengo que llamar cuanto antes».

Bonnie: «Hey, Violeta, apunta la hora, son las once y cuarto. Así cuando llames les preguntas la canción que ha sonado exactamente a esa hora».

Yo: «Gran idea. Estoy de camino a Chicago».

Bonnie: «No conozco la emisora, le pregunto a Chris, él seguro que sabe cuál es. Luego te digo, ahora está con el tractor sembrando».

Yo: «Gracias, bonita. Hasta luego».

Todo empieza a ir sobre ruedas. Escuchar su voz ha sido como sentirlo cerca. Vuelvo a ponerme en marcha y en media hora estoy entrando en la ciudad. Me dejo guiar por el GPS hasta la dirección. Aparco enfrente del centro Hill y al entrar me doy cuenta de que es idéntico al de Barcelona.

—Buenos días, ¿en qué puedo ayudarle?

—Quería hablar con mi chico, Pau. Tiene que estar aquí. Es una emergencia familiar —miento de manera improvisada, es lo mejor que se me ocurre. Rezo por que no me pregunte por el apellido.

—Veamos, voy a ver si está conectado, un segundo.

Revisa los papeles con sumo cuidado y la espera se me hace eterna.

—Lo siento, señora, pero no hay ningún Pau en sesión ahora mismo.

—Vaya, quizá me he confundido. Verá, es que acabo de volar desde España para contarle algo muy grave que ha ocurrido y pensé que estaría aquí, ¿quizá vino otro día?

La recepcionista me mira con cara rara y frunce el ceño. Revisa los papeles otra vez y levanta la mirada.

—Me temo que no ha estado aquí en toda la semana, lo siento.

—De acuerdo... Gracias.

Mi cara debe de ser un poema porque ella se da cuenta.

—¿Está bien, señora?

—No, no lo estoy.

—Si puedo ayudarla con algo más...

—Necesito sus datos, de Pau.

—Pero... no puedo darle datos personales.

—Solo su apellido, por lo que más quiera.

—Pero....

—Le he mentido, no es mi chico... No lo conozco, pero me he encontrado con él en un sueño lúcido desde Barcelona, desde su centro allí, y creo que él se conecta desde aquí.

—Lo que me está contando no tiene mucho sentido...

—¿Me podría hacer el favor? Estoy segura de que tiene que haber estado aquí.

—Está bien, voy a mirarlo; deme un segundo.

La atenta recepcionista se levanta y coge un archivador en el que leo «Septiembre», lo hojea por encima y levanta la mirada.

—No consta ningún paciente llamado Pau, lo lamento.

—No puede ser.

—¿Está segura de que se llama Pau?

—Bueno, sí, eso es lo que él me dijo…

Me suena el teléfono y cuando me dispongo a colgarlo y seguir con la conversación veo que es Chris; no lo dudo ni un momento.

—Hola, Chris.

—Hola, Violeta, tengo noticias frescas. Conozco al dueño de la emisora que le has comentado a Bonnie; lo he llamado y le he preguntado qué canciones sonaban esta mañana entre las once y las once y media, y me ha dado título y autores. Me temo que tu querido Pau en realidad se llama Paul.

—¿Cómo?

—¿Tienes para apuntar?

Pregunto mediante señas a la recepcionista y me tiende un boli y un papel. Pronuncio un «gracias» solo con los labios y me dispongo a anotar

—La canción a la que seguramente te refieres se llamaba *Either Way*, de Paul Lewis.

—¿Paul Lewis? Dios… Vale, voy a buscar en Internet. ¿Es famoso?

—Bueno, me temo que solo a nivel local. En Chicago y en el resto del estado es conocido, sí, he oído hablar de él pero no es muy famoso.

—Vale, mejor. Gracias.

Cuelgo y la recepcionista me mira con los ojos como platos.

—El señor Paul Lewis sí ha estado haciendo sesiones el último mes.

—¿Tiene su teléfono? —Me emociono.

—Lo siento, no puedo facilitárselo, pero imagino que en Internet encontrará una forma de contacto, seguro.

—Claro, gracias.

Salgo del centro Hill como si ya nada me importara ahí

dentro y busco una cafetería donde relajarme y comer algo; me ha entrado el hambre de golpe. Necesito comprobar si es él. Entro en un local cercano y pido un sándwich de queso vegano y la clave wifi.

Tomo aire antes de teclear su nombre; me asusta, me da miedo, pero lo hago. Escribo el nombre de su canción en YouTube antes de buscar sobre él en Google y cuando la miniatura del vídeo se abre ante mis ojos, un ejército de mariposas me sacude el estómago. Es él. Lo he encontrado. Es increíble.

Ahora, con la respuesta que tanto he estado buscando entre mis manos, me tomo el tiempo de disfrutarlo. Antes de hacer cualquier otra cosa, quiero ver el vídeo, quiero verlo en la vida real. Se me va la prisa, desaparece la ansiedad por encontrarlo. Ahora, en este preciso instante solo quiero escucharlo y verle cantar. Doy al *play* y las notas de la lenta canción llenan mis auriculares. Su cara, su gesto al cantar, todo es tan familiar para mí... Mi Pau, ¿cómo puede ser que en realidad se llame Paul? ¿Tradujo su nombre porque estábamos en Barcelona? ¿Puede ser? Tantas preguntas llenan mi cabeza...

Cuando leo la letra de la canción me parece el tema más triste que he escuchado jamás. Su cara, sus ojos al pronunciar la letra, me parecen desoladores. Habla de un matrimonio roto, un matrimonio que ya no tiene nada en común pero que ante la gente sigue siendo la pareja perfecta. El estribillo es la mejor parte; Paul desgarra su voz y canta como si gritara, dice que pase lo que pase, elija lo que ella elija, quedarse o irse, él la amará de todos modos. Me pone la piel de gallina, su mirada no es la que recuerdo, sus ojos están opacos, turbios, y la canción cada vez me parece más triste, más llena de nostalgia. Le canta a un amor roto, acabado, pero al que sigue amando. Es bonita, es bonito saber que alguien te quiere más allá del final. Las últimas notas son suaves de nuevo.

Tomo aire y, ahora sí, tecleo su nombre en el buscador.

Paul Lewis es un cantautor poco conocido a nivel nacional. Este año ha lanzado su single *Either Way*, que suena en todas las radios de esta región. Nació en Indiana pero de joven se mudó junto a sus padres y hermanos a Chicago. Según Google, actualmente reside en Rockford, una ciudad a los pies del río Rock que sitúo entre mi rancho y Chicago. Alucinante. Toda la vida loca con el blues y me acabo enamorando de un cantautor de blues y country. Fantástico.

Le pido un *muffin* de canela y vainilla a la camarera; necesito azúcar para este momento, no hay manera de controlar mis ingestas de carbohidratos. Menos mal que no está Marta aquí para regañarme. ¡Marta! Maldita sea, tengo que enviarle ya el vídeo, y también a mamá; las dos estarán locas por saber algo, igual que Max y Pablo. Es curioso cómo puede ser que, tras dos meses buscándolo, ahora que por fin lo he encontrado hago de todo menos escribirles. ¿Será un poco de miedo? Puede ser.

Mando el vídeo al grupo de WhatsApp de mis amigos y a mamá. Junto a este mensaje:

> «Lo encontré, su nombre real es Paul Lewis y no solo es más guapo en la vida real que en los sueños sino que es cantautor. Increíble. Me puedo morir tranquila, jeje».

Ahora lo entiendo todo, su facilidad para subirse al escenario en las fiestas de La Mercè y cantar para mí, el modo en que tocaba tan deliciosamente en su local... Echo de menos nuestro mundo, aunque fuera irreal, una «vida idílica», un «sueño lúcido», como lo llama Christian Hill. Mientras divago por mis pensamientos se me ocurren mil maneras de encontrarlo, pero sin duda creo que ahora que estoy aquí y lo he identificado lo mejor es hacerlo a lo grande.

Busco su cuenta de Instagram y al abrirla me enamoro más aún si cabe. Paul en la vida real, Paul en su casa en Rockford —parece un *loft* enorme—, Paul paseando con un grupo de gente por la ribera del Rock, Paul con la guitarra, Paul sonriendo, Dios mío, Paul es irresistible. Necesito abrazarlo, necesito decirle que existo. Que soy real y que estoy aquí por él. La miniatura de su foto de perfil parpadea indicando que tiene vídeo en sus *stories* de hoy. Noto un vértigo en el estómago; voy a verlo, voy a verlo de verdad.

Clico y me aparece un cartel anunciando su próximo concierto. Menuda sorpresa. En dos días actúa en Chicago en una sala de conciertos. Lo tengo claro. ¡Iré por sorpresa!

Tengo dos días para prepararme, para pensar en algo especial. Mi cabeza empieza a trazar planes y más planes, pero creo que lo que más me apetece es sentarme al fondo de la sala y escucharle tocar sin que él me vea. Disfrutar desde el anonimato y al acabar, ir a darle la sorpresa. «Sí, sí, eso haré.» Me costará horrores esperar dos días; dos días son una eternidad. Pero tengo que aguantar, quiero darle una sorpresa. Necesito ropa. Me he venido con lo puesto.

Me voy de compras, ¡decidido! Pero antes escribo.

Cuando desde la distancia
alguien logra hacerte temblar,
sin tocarte,
sin hablarte,
sin haberte siquiera mirado,
entonces sabes que eres suyo.
Ya no hay marcha atrás.
Hagas lo que hagas, así será.
Hay decisiones que se toman
por encima de lo que creemos real.
Como enamorarse perdidamente,
como curar un corazón roto,
como saber que existes
y no poderte encontrar.

Me entra un mensaje de WhatsApp.

Pablo: «Tía, me voy a morir, ¿vale?».

Yo: «Jajajaja. Lo sé. Está buenísimo, jaja».

Pablo: «No, buenísimo no, es más. Es..., joder, es un puto sueño. ¿Os habéis visto ya?».

Yo: «Qué va, tío, he pensado ir a su concierto, en dos días actúa, y darle una sorpresa. ¿Qué opinas?».

Pablo: «Que yo si fuera tú, no esperaría ni un minuto».

Yo: «Lo sé, lo sé... Sé lo que harías tú..., jaja. Pero quiero que sea especial. Quiero sorprenderlo».

Max: «Cariño, ¿qué me cobras por robar tu historia para mi próxima novela?».

Yo: «Mmm... Lo pensaré. Jeje. ¿Te gusta?».

Max: «Me ha enamorado. Es tu hombre, tía. Sin duda, y cómo canta. Ahora lo entiendo todo».

Marta: «¿Por qué siempre me entero la última de todo? V I O-L E T A... ESTOY FLIPANDO... Ha sido facilísimo».

Yo: «Tía, sonó su voz en la radio, era él, lo sabía. Y lo demás fue fácil. Estoy acojonada... Habéis pensado que hay una posibilidad de que él no sepa quién coño soy, ¿verdad? ¿Que todo haya sido fruto de mi sueño lúcido?».

Marta: «No, eso no es posible. Pau o Pol o como se llame es real».

Yo: «Paul, se llama Paul...».

Max: «¡Me parece genial la sorpresa del concierto!».

Marta: «No aguantarás. ¿Cómo lo harás para no escribirle?».

Yo: «Pienso seguirlo por Instagram 24 horas hasta pasado mañana».

Pablo: «¡Estás enferma! Con lo fácil que es escribirle y decirle: ¡Eo, la mujer de tu vida está aquí!».

Yo: «Jajaja. Max, hijo, no sé cómo lo aguantas».

Max: «Jajaja».

Pablo: «¿Te explico por qué me aguanta, guapa?».

Marta: «¡No, gracias! ¡Detalles sexuales ahora no hacen falta!».

Yo: «Bueno, chicos, os dejo. Voy a dar una vuelta para conocer Chicago y comprarme ropa y después volveré al rancho».

Max: «¿Al rancho?».

Yo: «Sí, es lo más barato que encontré de alojamiento para larga estancia».

Marta: «Un momento, ¿larga estancia? ¿Cuándo tienes el billete de vuelta? No recordé preguntarte...».

Yo: «No tengo, Marti... Pensé que encontrarlo me llevaría semanas».

Pablo: «¡Te ha llevado un día, esto significa algo!».

Max: «¡Significa que es su hombre!».

Marta: «Tía, estoy tan feliz por ti. No sé cómo expresarlo».

Yo: «¿Llamándome?».

Marta: «Sí, porfiii, ¿te va bien?».

Yo: «Lo harás igualmente. Chicos, os quiero, ¡os voy contando! Si a alguno se os ocurre algo, decidme».

Pablo: «¡A mí sí! Lencería roja de encaje. ¡Hazme caso! Para el concierto. Te quiero, loca».

Yo: «Mmm, lo tendré en cuenta».

Llamo a Marta antes de que ella lo haga.

—¡Es muy fuerte! —irrumpe mi amiga nada más descolgar.

—Sí...

—¿Tienes miedo?

—Sí...

—No, tía, todo irá bien, ya verás.

—Uf... Si es conocido y tal, no sé, quizá no sea como en los sueños. ¿Te puedes creer que me da como miedo?

—¿Por eso quieres esperar al concierto?

—Cómo me conoces... Bueno, no lo sé, un par de días para seguirlo por redes, quizá me da más seguridad.

—Yo no me lo pensaría tanto.

—No mientas, tú no hubieras venido ni hasta aquí.

—Jajaja, también tienes razón. ¡Qué cabrona! Y ahora ¿qué haces?

—Pues voy a dar una vuelta por Chicago y comprarme ropa; vine sin maleta. Luego volveré al rancho a ayudar un poco.

—¿Vas a ayudar en un rancho?

—Sí, los dueños son majísimos y me han propuesto ayudar a cambio de un descuento en el hospedaje y ya sabes que a mí los caballos me gustan mucho.

—¡Vaya suerte estás teniendo! Te lo mereces.

—Jolines, gracias… Sí, ya me tocaba…

—Mantenme informada de todo todo y no dudes en llamarme. Me voy a acostar, que aquí son ya las tantas.

—Vale, amor, descansa.

—Un abrazo, cuídate mucho, Violeta. ¡Te quiero!

Tras dos horas paseando por las calles más comerciales de Chicago, he podido encontrar varias prendas en tiendas de segunda mano que me han gustado muchísimo. No tengo demasiado presupuesto y no pienso gastarlo en ropa. Un par de tejanos Levi's usados, dos jerséis de punto y un anorak para el frío. Un poco agobiada del ajetreo de la ciudad y la gente, cojo el coche para volver al rancho. Me quedan dos horas de carretera por delante, así que compro algo para comer durante el viaje.

4

Escribir siempre ayuda.
Consigo decirte todo lo que provocas en mí,
pero tú ni siquiera sospechas que el verso va contigo.

Una música que viene de la cocina me despierta. Demasiado temprano para mi gusto. Miro el reloj despertador que hay en la mesilla de noche y veo que son las seis de la mañana. ¿Cómo es posible que esta gente madrugue tanto? Ayer por la tarde le dije a Bonnie que hoy empezaría con mis tareas, así que aunque no me puso horario, creo que si ya hay vida en la cocina es porque empieza la jornada. Me pongo los tejanos nuevos y el jersey que compré ayer, me lavo la cara y, sin maquillar, me hago un moño bien alto y salgo disparada para la cocina.

Chris está preparando unos huevos fritos con aceite de coco y a mí se me hace la boca agua.

—Buenos días. ¿Hoy te apuntas al desayuno?

—Sin duda, es demasiado temprano como para no darle algo a mi cuerpo.

—¿Temprano? Llevamos desde las cinco en pie. La vida en el rancho es dura si no estás habituado.

—¡No veas! ¿Y Bonnie?

—Bonnie está en las cuadras con Soul, la última yegua

que nos llegó, que no hay manera de que deje de tener cólicos; no sabemos a qué es debido que tenga tantos. Ahora vendrá a desayunar.

—Fantástico. ¿Te ayudo?

—Si quieres, puedes sacar las mermeladas de esa caja y ponerlas en la mesa junto al pan.

—¿Estos panes son caseros?

—Sí, señora. Nos lo trae mi madre una vez a la semana. La mujer está mayor y hornear le da la vida.

—Huelen de muerte.

—¿A qué hora sueles despertarte en Barcelona?

—Depende del día, pero creo que lo más común es entre las siete y las ocho.

—Pues perdéis un montón de horas de luz.

—Jeje, pues ahora que lo dices, parece que sí.

—Buenos días, Violeta. —Bonnie irrumpe en la cocina con la misma energía que si fueran las doce del mediodía—. ¿Cómo has pasado la noche?

—Genial, he dormido superbién.

—¡Me alegro! No sabíamos si despertarte o no.

—Oh, le comentaba a Chris que no estoy acostumbrada a madrugar tanto. ¡Me irá fenomenal!

—Tranquila, tú levántate a la hora que quieras, estas son tus vacaciones. Aquí hay trabajo todo el día. Según la hora a la que te incorpores, habrá unas tareas u otras.

—Genial, gracias. ¿Puedo ayudar en algo más? —pregunto señalando el desayuno.

—No, ya está —dice Chris mientras sirve los huevos—. ¿Encontraste a Paul al final?

—Sí, muy fuerte, menos mal que sonó por la radio.

—¡Qué cosas tiene la vida! A mi hermana le vuelve loca Paul Lewis.

—Sí, la entiendo, la entiendo —bromeo, pues a mí también me pasa.

—Ojalá des con él rápido.

—Sí, mañana toca en una sala de conciertos de Chicago. He comprado entradas para ir.

—No me digas que te presentarás allí por sorpresa.

—Sí.

—Vaya bombazo.

—¿Crees que es buena idea?

—Es de película.

Me río.

—Todos opináis lo mismo.

Nos sentamos a desayunar con los primeros rayos tímidos del sol asomándose por las colinas. Chris y Bonnie me cuentan todo lo que van a hacer hoy y en lo que puedo ayudar. Al acabar empezamos las tareas: primero sacamos a pasear a la abuelita Olivia por la pradera, para que paste a gusto, y después aprendo cómo limpiar su cuadra. Me lleva un par de horitas. Al acabar, ayudo a Chris a poner alfalfa nueva en las otras cuadras de cuarentena y me enseña el nombre y la historia de los caballos que viven sueltos en manada. Son los que no están en tratamiento y por tanto no viven en cuadras.

La mañana ha pasado volando, ya es la hora de comer y me ha dado tiempo a hacerlo todo. Bonnie ha tenido que dejarme ropa y botas porque con lo que me he puesto no puedo trabajar bien. Me ha gustado mucho ayudar a esta familia. Me proponen comer todos juntos pero prefiero salir a comer algo fuera y airearme. Necesito pensar y trazar un plan. Me indican que caminando llego a una casa de color azul en la que tienen servicio de restauración para huéspedes y visitantes. Auténtica comida casera americana. Decido ir para conocer más la zona y para dejarles un poco de intimidad. Cojo mi portátil y el móvil y me voy andando hasta la próxima casa.

El paseo con el solecito me sienta de maravilla y llego hambrienta. El local es entrañable y una hospitalaria mujer con moño blanco pegado al cogote me invita a entrar.

—Muy amable, señora.

—Gracias a usted por elegir comer en nuestra casa.

—Háblame de tú, por favor —le pido.

—Oh, claro, muchacha. ¿Tienes mucho apetito?

—La verdad es que sí, estoy en el rancho ayudando a Chris y Bonnie.

—Oh, qué buena noticia. Son encantadores y tienen unos caballos bellísimos.

—Sí, hoy ha sido mi primer día.

—¿Y te quedarás mucho tiempo?

—Pues aún no lo sé.

—Oh, bueno, pues será mejor que te cautivemos con nuestros encantos. A ver qué te parece el menú de hoy. Esta semana hay pocos huéspedes, así que solo tenemos dos opciones. De primero he preparado una deliciosa sopa de cebolla, receta secreta de mi abuela con pan de ajo, o judías verdes con patata y ajos tiernos.

—La sopa, me encantará probar esa receta familiar.

—Buena elección. —Sonríe orgullosa y risueña la mujer—. Y de segundo tenemos patatas asadas con cebolla y pasas, o pastel de zanahoria y puerros.

—El pastel, sin duda.

—Bien, pues relájate, y si puedo ayudarte en algo, me dices.

—Muy amable, señora.

—Mi nombre es Jane.

—Yo soy Violeta, encantada.

La hospitalidad es algo común en este pueblo, por lo que parece. Aprovecho para echar una ojeada al espacio y la verdad es que parece un comedor familiar normal y corriente más que un restaurante. De hecho, es lo que es. Es curioso que aquí reciban a gente en sus casas. Esto en España no suele pasar. Desde luego, estoy en otro mundo. La decoración de la casa es muy rústica, con todos los tejidos en tonos tierra y cuadros verdes y una enorme chimenea en el centro de la pared que está al lado de la cocina. Solo hay una pareja que parecen matrimonio disfrutando de su comida, inmersos en su conversación. Se les ve relajados y felices. Aquí todo el mundo es feliz. Hago una asociación de ideas, cojo el teléfono y marco el número de mamá.

La pongo al día una vez más y le relaja saber que por fin mañana es el gran día. Me pregunta qué pienso ponerme de ropa y me doy cuenta de que no tengo ni idea, puesto que las prendas que compré ayer son para estar por el rancho. Maldita sea, cómo se me ha podido pasar un detalle tan importante. Tengo que estar increíble para mi sorpresa.

La comida que me sirve Jane está deliciosa y se lo agradezco de corazón. De postre, me decido por un té verde con menta. Tengo que pedirle a Bonnie que me indique dónde puedo comprar algo de ropa cerca. Mañana por la mañana, al acabar mis tareas de voluntariado, iré sin falta.

—Tenga una bonita tarde, Jane —me despido con cariño.

—Ve con Dios, bonita.

—Hasta pronto.

—Seguro que encontrarás lo que estás buscando.

—¿Cómo? —Me extraña su afirmación y me pregunto si Bonnie le he hablado de mí y de mi historia.

—Veo en ti que estás en búsqueda de algo.

—De alguien —la corrijo con ganas de hablar del tema.

—No..., de algo —vuelve a corregirme—. Puedes creer que esa persona es la solución, pero la solución es lo que ocurre cuando estás con ella.

—¿Cómo sabe que busco algo o a alguien?

—Ay, querida, porque lo veo.

—¿Es vidente?

Mamá siempre habla de esas personas capaces de ver cosas sin necesidad de las cartas. ¿Será esta mujer una de ellas?

—Bueno, nunca me han gustado esa clase de palabras...

—¿Y qué ve?

—Veo que estás perdida y que has llegado hasta aquí para encontrarte. Y lo harás.

—Gracias por los ánimos. He venido buscando a un chico.

—¿Y sabes ya dónde encontrarlo?

—Espero que sí.

—En ese caso, estamos de celebración.

—Sí, podría decirse que sí.

Le cuento toda mi historia con Pau, el sistema de la máquina de los sueños lúcidos y cómo he llegado hasta aquí. Me escucha con atención y cuando termino, todo lo que dice es:

—Tu madre tiene razón. Lo tuyo con este hombre trasciende vidas. Si quieres, podemos hacer una regresión un día y lo averiguamos.

—¿Usted sabe hacer regresiones? Me da miedo, pero siempre me ha llamado la atención.

—De joven trabajé muchos años con el doctor Brian Weiss, ¿has oído hablar de él?

—Por supuesto. Es un psiquiatra especializado en las regresiones y progresiones a otras vidas.

—Y realmente funcionan.

—¿Cuánto cobra por ello?

—No voy a cobrarte nada, muchacha, lo hago por amor, por ayudar.

—¿Cree que me hace falta?

—Creo que necesitas comprender.

—Sí, tiene razón.

—Ven a verme cuando estés lista.

—Le tomo la palabra.

Llego al rancho tras dar un paseo por el sendero que une ambas casas mientras el día llega a su ocaso. Tomo aire y me dejo acariciar por la brisa helada. Ya casi huele a invierno y el paisaje empieza a tornarse dorado, con tonos ocres, malvas y cobrizos. Si supiera hacer buenas fotos, este sería un buen momento para sacar la cámara.

—Buenas tardes, Violeta. ¿Qué tal has comido? —me pregunta Chris, que está recogiendo la cocina.

—Oh, genial, Jane es una gran cocinera.

—¡Y tanto! A nosotros siempre nos trae cosas y es una pasada.

—¿Está Bonnie por ahí?

—Creo que está en la habitación cambiándose para montar un rato.

—Gracias, voy a ver si la veo.

Me dirijo a la zona donde Bonnie tiene su habitación y toco a la puerta sin pudor.

—¿Sí?

—Bonnie, perdona, soy Violeta. Te quería preguntar una cosita.

—Oh, pasa, pasa, estoy aquí peleándome con mi armario.

Abro la puerta y la veo metida dentro del armario arreglando un cajón que parece no cerrar.

—¿Te ayudo?

—Sí, porfa, agarra aquí. —Me indica que la ayude a sujetar el cajón mientras ella arregla una madera que parece estar torcida y no le deja cerrar bien el mueble—. ¿Qué querías preguntarme?

—Necesito algo de ropa decente para mañana. Quisiera comprarme algo bonito. ¿Algún sitio en el pueblo?

—Uf… Aquí en el pueblo hay varias tiendas, pero yo casi te diría que, ya que has de ir a Chicago a ver a Pau tocar, vayas con tiempo y te compres algo en la ciudad. Hay más variedad y allí seguro que encuentras algo de tu agrado.

—Bien pensado. Pero me daba miedo no llegar a tiempo con el trabajo en el rancho…

—Oh, no, no. Mañana mejor dedica tu día al gran momento. Tranquila, nos apañamos bien. Tú ve a por tu modelito.

—¿Seguro? Si no, puedo ayudar aunque sea una horita, como me digas.

—No, mujer, mañana será un día tranquilo, tú no te preocupes.

—Vale. Gracias.

—¡Por fin! —suelta un gritito al lograr encajar el cajón.

Ambas nos reímos y me pone la mano en posición de chocar. Para celebrar que lo ha conseguido.

—¿Cómo soléis hacer el tema de la comida en casa?

—Oh, se me había olvidado esa parte. Pues los huéspedes residentes tienen una estantería en la cocina para colocar su compra, y por lo demás, como si estuvieras en tu casa. Nosotros usamos la cocina a las seis de la mañana, a las doce del mediodía y a las siete de la tarde. El resto de horas, toda tuya. Ahora que estás solo tú hospedada, no habrá problema.

—Genial, pues voy a descansar un rato y luego saldré a hacer una compra de cuatro cosas. Así tengo para cenar ya hoy.

—Tienes varios *supermarkets* en el pueblo. No hay pérdida porque, aparte de eso, solo hay tres tiendas más y una panadería.

Me río, pues esto me parece familiar.

—¿Sabías que Jane tiene poderes?

—¿Poderes? Menuda manera de decirlo. Jane es un ángel. Sabe curar con plantas y terapias alternativas y hace regresiones para ayudar a la gente a superar traumas o a comprender el sentido de sus vidas. Tiene muy buena reputación en el pueblo puesto que no cobra por ello. Solo lo hace para ayudar. ¿Ha visto algo en ti?

—Eso parece… Pero asusta un poco.

—Puedes confiar en ella. De verdad.

—Lo haré.

La verdad es que estoy agotada. No estoy acostumbrada

a estos tutes. La vida en el campo es dura. Cierro los ojos y trato de relajarme.

Tras veinte minutos de siesta, salgo a por el coche y me voy a hacer un par de compras. Llego al pueblo en diez minutos y me decido por el supermercado que parece más grande. Compro varias verduras frescas, un paquete de arroz, fruta, un par de *briks* de leche de avellanas y café. Para empezar, está bien. Me doy una vuelta por la calle principal y me siento muy cómoda. Me gusta estar aquí. Algunos vecinos me saludan como si me conocieran y, a pesar del frío, el pueblo está lleno de gente que va para arriba y para abajo con los niños haciendo las últimas compras del día. Algunas tiendas ya tienen la decoración navideña puesta. Por cierto, qué buen gusto tienen aquí para los detalles. Nada de luces cutres y cuatro guirnaldas, aquí se lo toman muy en serio. Coronas navideñas que parecen hechas a medida y a mano, abetos naturales, figuras enormes de cerámica de renos y Papá Noel. No se andan con medias tintas. «Todo a lo grande», como dice Chris. Me hace ilusión ver cómo van decorando las casas durante estas últimas semanas de noviembre. La Navidad siempre me ha parecido una época del año genial, no entiendo cómo puede haber personas que la detesten tanto.

Nada más llegar a casa coloco mi compra en los estantes de la cocina y en la nevera, y me preparo la cena para no incordiar luego a mis anfitriones. Me decanto por una parrillada de verduras al curri y un café descafeinado de postre. Al preparar mi propia comida y usar la cocina yo sola, me siento aún más en casa y agradezco este momento de intimidad. Ceno en la mesita de mi habitación, y antes de caer rendida, un poco de poesía.

Cuando te cruzas con alguien,
no sé dónde ni cuándo,

y tu mente por un instante
imagina un mundo juntos.
Ocurre en una milésima de segundo,
ese podría ser.
Cuando te quieres dar cuenta,
ya ha cruzado la calle
y ya has perdido el rastro.

Así, como la mayoría de amores fugaces mueren,
me niego a que el nuestro acabe.
Me niego a ser como un flechazo a primera vista
que acaba al girar la esquina.
Contigo quiero ese podría ser.
Un ser que me dure toda la vida.
Que no se acabe al perderte de vista.
Y que nos quite el aliento cada día,
como si fuera la primera y última vez.

5

Sentada en el peldaño de mi nueva vida
me pregunto si será verdad
la canción de que es necesario sufrir para aprender.
Eso de que quien te quiere te hará llorar.
De que perder no siempre es un final,
y que lo bueno está por llegar
y si de verdad ese por llegar
llevará tu nombre.

Ha llegado el gran día y me temo que la euforia no me permitirá esperar hasta la noche sin perder la cabeza. Me doy una ducha, me lavo el pelo y me peino a conciencia para estar guapa. Solo tengo unos tejanos y un par de camisetas, así que me pongo lo mismo que ayer y busco tiendas de la ciudad que puedan interesarme; las de segunda mano no tenían el tipo de ropa que busco ahora. He de encontrar algo sexi pero casual cuanto antes.

Hoy sí tengo hambre. Cojo un poco de pan casero de la madre de Chris que me han ofrecido y me tomo unas rebanadas con pimientos asados. Empiezo fuerte el día. Hoy necesitaré fuerzas para soportar todas las emociones que sé que voy a vivir. Y a diferencia de lo que creía, no siento ni un ápice de miedo ni inseguridad. Veré a Pau o Paul, como sea. Eso es lo único que me importa. Si no me reconoce al verme, ya me las apañaré para enamorarlo. Me he levantado de buen humor.

Salgo al porche tras el desayuno a tomar un té y me siento en la mecedora de mimbre con vistas a las montañas. La manada de caballos pasta a lo lejos pero apenas los distingo por la espesa niebla que cubre el valle. Le da un toque misterioso al paisaje y me gusta. Cojo la mantita de cuadros que está sobre la mecedora y me cubro con ella. Dejo que la taza del té me caliente las manos y respiro el vaho que produce. Cómo me gustan las bebidas bien calientes en invierno. No hay nada como el contraste de frío-calor. Respiro el aire puro y helado y me siento caliente dentro de la manta. Me quedaría horas aquí, se percibe una paz que no es fácil de hallar en nuestras vidas ajetreadas. Desde luego, si existe un modo de vida saludable, tiene que ser este.

—Hoy será un gran día. Mucha suerte, Violeta. —Bonnie sale para ponerse a trabajar.

—Ay, gracias, Bonnie, de verdad, por la hospitalidad y por ser tan atenta.

—¡Anda ya! Solo trato de que estés a gusto y disfrutes.

Le doy un abrazo y siento que es el principio de una amistad. Bonnie me gusta, me hace sentir cómoda y eso me pasa con pocas personas.

Dejo la tranquilidad del rancho por la frenética civilización. Llego a Chicago y me paso el resto de la mañana probándome ropa de tienda en tienda. Finalmente me decido por un modelo atrevido. Un vestido de color negro ceñido, informal pero sexi. Me animo a comprar una tejana negra para darle un *look* más rockero y no tan serio. La verdad es que es bastante corto, un básico de mangas largas. Sin escote por la parte delantera pero uno bien grande en la espalda. Mis piernas, aún morenas por el verano, lucen bastante con este vestido. Y elijo unos tacones. Quizá es excesivo. Pau nunca me ha visto así. No me hago a la idea de que se llame Paul. Creo que voy a seguir llamándole Pau siempre. Se me ha hecho tarde, y hasta me he olvidado de comer, así que opto por tomar algo a modo de merienda. Marta me escribe mientras entro en una cafetería que parece de último diseño.

Marta: «¿Hoy es el concierto?».

Yo: «¡¡Sí!! Ya estoy en la ciudad, empieza en dos horas».

Marta: «Por favor, no te olvides de contarme todo todo en cuanto lo veas. No te olvides, que te conozco».

Yo: «¡Prometido! Deséame suerte».

Marta: «No la necesitas».

El día se ha pasado bastante rápido; pensaba que sería insoportable, pero sin darme cuenta ha llegado la hora del concierto. Logro aparcar casi en la puerta del local, y ahora sí, nervios exagerados y un poco de vergüenza. No sé por qué me siento así, pero prefiero que de momento no me vea. Entro en la sala del concierto y decido sentarme en unas mesas que hay al fondo, en la zona más oscura. Aquí seguro que no me ve, pero yo sí podré verlo a mis anchas.

La sala va llenándose de gente. Es un concierto-cena, así que la mayoría de los asistentes van tomando asiento en las mesas y pidiendo sus platos. Me parece muy original esto de cenar mientras disfrutas de música en vivo. Dios mío, estoy a punto de verlo. No puede ser. Le mando un mensaje a mamá, sé que ella desea lo mejor para mí.

Yo: «Mami, estoy a punto de ver actuar a Pau».

Mami: «Cariño, ¿estás bien?, ¿nerviosa?».

Yo: «¡Ahora ya sí! Como loca».

Mami: «Tú tranquila… Lo importante es que estés bien».

Conozco a mi madre, si repite tantas veces que tengo que estar bien es por algo.

Yo: «Mamá, ¿qué ocurre?»

Mami: «No, nada…».

Yo: «¡¡MAMÁ!!».

Mami: «Hija, nada, que he visto algo en las cartas que no me ha gustado».

Yo: «No me fastidies…».

Mami: «Tranquila, luego cuéntame cómo ha ido».

Yo: «¡Mamá, ¿qué has visto?!».

Mami: «Nada concreto, solo he visto un rey de bastos que significa un golpe. Suele ir relacionado con decepciones, cambios radicales…».

Yo: «Uf… Pues ¡qué bien!».

Mami: «No te lo tendría que haber dicho...».

Yo: «Tranqui, mami, yo con verlo en carne y hueso seré feliz».

Mami: «Sí, cariño. Disfrútalo y cuéntame cuando acabe el concierto. Te quiero, pequeña».

Yo: «Te quiero, brujita mala».

Gracias a mi escepticismo, paso de las cartas de mamá y me concentro en el momento. Una chica muy guapa sale al escenario pidiendo silencio y presenta a Paul Lewis como el cantautor revelación de la ciudad. El público estalla en aplausos y Paul sale al escenario. Me quedo sin aliento. «Es él. Es él. Es él.» Me lo repito en bucle porque si no, no me lo creo. Un fuerte cosquilleo me recorre el cuerpo al verlo. No me lo creo. Necesito que alguien me pellizque, no estoy en el sueño lúcido. Es él. Y de repente, todas las dudas que no he tenido hasta ahora me invaden. ¿Y si no me reconoce? ¿Y si no le gusto en la vida real? ¿Y si, y si, y si...?

Empieza a cantar y su voz me eriza la piel. Recuerdo todo, la de veces que me cantó al oído, cómo tocaba solo para mí, cómo me dedicó aquella canción que precedió a nuestro primer beso. Cómo me hacía el amor entre canción y canción. Me emociono y me es imposible retener las lágrimas. Canta precioso.

Estoy embobada, soy incapaz de comer la crema de verduras que me he pedido para cenar. Solo quiero acercarme y abrazarlo, llorar, besarlo, hacerle el amor. El concierto va llegando a su fin y Pau dedica su última canción a todos los que estamos en la sala. Quiero ponerme en pie y acercarme al escenario, pero no lo hago. Mejor me espero a que termine para dar el paso.

El público estalla en aplausos, yo la primera, y me invade el miedo a que se vaya y perderlo una vez más. El miedo me paraliza y me digo que he llegado demasiado lejos como para quedarme petrificada así. Pau empieza a recoger su guitarra y yo me pongo en pie, dejo la chaqueta en la silla y me dirijo al escenario. Tacones, vestido sexi, peinada y maquillada para la ocasión... Siento que avanzo a cámara lenta. Pau está distraído cerrando la funda de su guitarra cuando al fin levanta la mirada. Y sí, nuestros ojos se cruzan por primera vez en la vida real. No sé qué cara se me queda, pero sí veo la que pone él. Abre los ojos y se queda inmóvil.

Le sonrío mientras sigo avanzando. Pau niega con la cabeza, como diciendo que no se cree que yo sea real, y se muerde el labio inferior, literalmente petrificado. Logra sonreírme, y cuando estoy a escasos tres metros, la misma chica que lo ha presentado salta encima de él abrazándolo y felicitándolo por su actuación.

Pau se tensa por completo, yo me detengo en seco y la chica le da un beso fugaz en los labios, ajena a lo que está ocurriendo entre su chico y yo. No puede ser. No puede ser verdad. Siento un puñetazo en el estómago, me cuesta respirar y de forma automática doy un paso atrás. Y otro. Pau separa a la chica con sutileza y le dice algo al oído. Me doy la vuelta y trato de recobrar la poca cordura que me queda y llegar a mi mesa. Pero antes de mover un pie en esa dirección, Pau me coge por el brazo y me detiene.

—Violeta. —Me vuelvo al notar el roce de su mano en mi piel.

—Pau...

Me sonríe, ahora sí, y me da un abrazo.

Apretada contra él, percibo su olor, un olor nuevo; se me hace extraño que no huela como en los sueños lúcidos, pero es agradable. Siento cómo las piernas me tiemblan de los nervios.

—Dios mío, no me lo puedo creer. ¿Qué haces aquí? ¿Cómo me has encontrado?

—Tienes novia —es todo lo que consigo pronunciar.

—Violeta...

—No, no pasa nada. Es solo que no me lo esperaba. Dios, ¿eres real? ¿Te acuerdas de mí?

—Cada día más y más.

—No entiendo... —Estoy confundida por la chica que acaba de besarlo, como si no pudiera quitarme esa imagen de la cabeza.

—No me lo creo.

—Ni yo...

Paul vuelve a abrazarme.

—Mi nombre es Paul, pero me gusta que me llames como en los sueños.

—¿Por qué no me dijiste tu nombre real?

—Pues no tengo ni idea, para mí era mi nombre real; estoy confundido.

La joven rubia se acerca a nosotros y me saluda con educación.

—Tenemos que irnos, tienes entrevista en la radio en diez minutos.

Pau sigue mirándome embobado y la chica por primera vez nos presta atención.

—¿Paul?

—Sí, perdona. Es que me he encontrado a una vieja amiga.

Será mentiroso. Traidor. ¿De qué coño va?

—Oh, estupendo. Encantada. Ya sabrás que si no se está encima de él, se olvida de las cosas —se disculpa ella por meternos prisa.

—No, la verdad es que no lo sé... —le contesto mirándolo a él.

Le sienta como una puñalada y me alegro. ¡Será cabrón! No podía ser perfecto.

—Danos un minuto, por favor, ahora mismo estoy contigo.

La chica lo mira de mala gana y se dirige hacia el encargado de la sala, con el que estaba hablando hace un momento.

—Todo tiene explicación. Dame tu teléfono, por favor. Esta misma noche salgo para Nueva York, tengo un acto benéfico que no puedo aplazar, pero a mi vuelta te voy a buscar y hablamos, te cuento todo... Por favor. No me creo que estés aquí. Quiero saber cómo has logrado encontrarme.

—De acuerdo...

Dudo, pero me doy cuenta de que él y yo no tenemos nada y que han pasado dos meses desde nuestra última conexión. Que yo no haya rehecho mi vida es mi problema. Es obvio que él sí lo ha hecho. Y no puedo culparle por ello. Le doy mi teléfono.

—Estoy hospedada lejos de aquí, en Galena, en un rancho.

—En cinco días estoy ahí. Prométeme que no desaparecerás. Si no, lo cancelo todo y me voy ahora mismo.

—No, tranquilo, no canceles nada. Estaré aquí.

—Violeta —pronuncia mi nombre, y por primera vez veo miedo en sus ojos—. Por favor, te lo puedo explicar, necesito verte a solas con calma y hablar...

—No me iré a ninguna parte, no te preocupes.

—Bien, esto es un milagro.

—Bueno... —digo algo decepcionada.

Mi cuerpo se debate entre la alegría y el llanto. No pensé que fuera así. No pensé que doliera encontrar a Pau. Lo miro fijamente a los ojos. Está oscuro pero la reconozco como si fuera ayer. Su mirada.

—No me mires así.

—No puedo hacerlo de otro modo —replico.

Pau suspira y me da un último abrazo fugaz.

—En cinco días voy a por ti.

—Vale.

Y una vez más, se esfuma de mi vida. Ahora, de la real. Un nuevo Pau ante mis ojos. No pienso darle más vueltas.

Llamo a mamá mientras sigo petrificada, ya en mi mesa, con la cena aún intacta y una música ambiente suave de fondo ahora que se ha acabado el concierto.

—Mamá, tiene novia.

—Sí…, lo suponía.

—Podrías habérmelo dicho. No hubiera hecho la imbécil.

—Hija, no me gusta oírte hablar así. ¿Qué ha ocurrido?

—Nada, me ha reconocido, hemos quedado para hablar de todo; estaba con una chica. No ha ocurrido mucho más.

—Bueno, cielo, hablad, seguro que todo tiene una explicación. Has llegado muy lejos.

—Mamá, por favor, mira en las cartas si esto tiene sentido.

—Violeta…

—No, de verdad, échame las cartas, quiero saberlo.

—De acuerdo. No te oigo muy bien ahora, mañana llámame y lo hacemos cuando estés en tu habitación, ¿te parece? Ahora, con ese ruido que tienes ahí, imposible.

—Pues las pitonisas de la tele lo hacen.

—Sí, pero ellas mienten. Llámame mañana, ¿vale?

—Vale.

—Y anímate, lo has encontrado, el resto ocurrirá solo. ¡Confía en mí!

—No sé yo…

—Os unen vidas, cariño. Eso es innegable, y esos lazos no los destruye cualquiera. Confía en el destino.

—Lo haré.

Salgo del local y emprendo el camino de vuelta al rancho. Es muy tarde y para nada imaginé que la noche fuera a acabar así, sola una vez más. Aunque una parte de mí está tranquila porque sabe que Pau es real, no puedo evitar sentirme decepcionada. Quería pasar la noche con él. Quería estar con él.

Mientras la radio suena a todo volumen en el coche para mantenerme despierta, oigo cómo me llega un mensaje. Desvío la mirada a la pantalla donde está el GPS y veo que es Pau. Un cosquilleo me invade y decido parar en la próxima área de servicio para leerlo. No puedo esperar dos horas a llegar al rancho.

Pau: «Violeta, no sé cómo expresar la adrenalina que me recorre el cuerpo de saber que eres real. Honestamente, había perdido la esperanza. Tengo que contarte tantas cosas... Disculpa por lo de hoy. Te cuento cuando te vea. Pásame dirección exacta de donde estás y me acerco yo. Te he echado tanto de menos que ni te lo creerías. Por favor, duérmete hoy escuchando la canción *In case you didn't know*. La versioné para ti. Perdóname por no poder irme contigo hoy. Te veo en unos días. Cuento los minutos. Paul».

De repente, mi mal humor se esfuma, como si por arte de magia hubiera comprendido que a veces la vida es impredecible y que él tiene derecho a tener una vida. Necesito saberlo todo. Conduzco el resto del viaje tranquila y con ganas de escuchar la canción.

Llego al rancho muy cansada. Todos duermen, y me dirijo a mi habitación sin hacer ruido. Busco la canción en el reproductor y me dejo llevar por la letra.

In case you didn't know
Baby I'm crazy 'bout you
And I would be lying if I said
That I could live this life without you
Even though I don't tell you all the time
You had my heart a long, long time ago
In case you didn't know...

La letra, sin duda, parece hablar de nosotros, del modo en que está loco por mí y de que no puede vivir sin mí. Dice que su corazón me pertenece desde hace mucho, y sé que se refiere a vidas. Unas ganas de llorar increíbles me sorprenden y me dejo llevar por la melodía, lloro y lloro, de alegría, de paz, de amor.

Yo: «Paul... Encontrarte ha sido un largo viaje, sigo echándote de menos y me muero por verte. Gracias por tanta magia en una sola canción. Has estado increíble esta noche. Estoy en Galena Ranch. Si pones el nombre tal cual en el GPS, lo encontrarás. Estaré por aquí ayudando toda la semana, ya me dices qué día vas a venir. Dulces sueños».

Y acto seguido, me desahogo en mi cuaderno.

Tantas veces imaginé cómo sería encontrarte.
Tantas veces me ilusioné,
perdí la cabeza e imaginé...
Y ahora que es real,
me arrebatas las ganas,
me robas el júbilo
y me arrancas el alma.

Creo que esto de la poesía está sacando mi vena melodramática, pero así me nace y si lo escribo es por algo. A pesar de querer cambiar algunas palabras, decido dejarlo tal cual puesto que así refleja cien por cien cómo me estoy sintiendo en cada momento.

6

Ese jodido momento en el que podrías pararlo todo.

Impedir que ocurra.

Y no lo haces.

Desayunamos al sol en el porche todos juntos y les cuento lo que sucedió ayer.

—Menos mal que se acordaba de ti. —Bonnie se alegra por mí.

—Sí, porque si no… Hubiera sido muy decepcionante.

—Tómate el día libre.

—No, no, prefiero ponerme a ayudar, así no pienso. De verdad, necesito ocupar mi mente.

—Estupendo, chicas, pues yo me pongo en marcha. Tengo que planear la trashumancia de este invierno.

—¿Qué es eso, Chris?

—Tenemos una manada de caballos salvajes que durante el verano pastan en la montaña, donde abunda la hierba fresca, pero en invierno hay que bajarlos a los valles y completar su alimentación con forraje si hace falta. La trashumancia es el traslado de la manada de un sitio a otro.

—Ostras, suena muy interesante.

—Si aún estás por aquí un tiempo más, puedes apuntarte. Es un largo camino, puesto que se hace a pie con ellos.

Son salvajes, no se montan, pero el paisaje y la experiencia es inolvidable.

—Pues me encantaría.

—Te tomo la palabra, vaquera —bromea Chris. Le da un beso cálido a Bonnie y se va para el granero.

No puedo evitar mirar el móvil cada diez minutos. Supongo que Pau ya estará en Nueva York, y si lo ha acompañado su chica, es normal que no me escriba.

Hoy me toca cepillar a dos caballos que necesitan confiar para facilitar su manejo y poder darles la medicación, así que me quedo en las cuadras para encargarme de sus cuidados.

Soul es una enorme yegua apalusa, típica de los nativos americanos, que aun siendo bastante arisca conmigo se muestra confiada. Se nota que ha sido maltratada porque si levanto la mano se asusta. Qué pena. Me quedo tan absorta dando cariño al animal que cuando suena el móvil me sobresalta.

Pau: «Buenos días, he soñado contigo. Dime que tú también lo has hecho».

No tardo ni un instante en contestar.

Yo: «Hola, Pau… Apenas he podido dormir esta noche, pero te aseguro que he pensado en ti todo el rato».

Pau: «Tengo tantas ganas de verte que no sé si lo aguantaré».

Yo: «Jeje. No puedo parar de escuchar tu canción…».

Pau: «Es TU canción».

Yo: «Aún no me lo creo…».

Pau: «Ni yo. ¿Qué haces? ¿Te sientes bien en Illinois?».

Yo: «Pues la verdad es que sí, la gente de aquí es genial».

Pau: «Sí, solemos ser muy adorables por esa zona». :)

Yo: «Idiota». :P

Pau: «Uhm, me gusta que me insultes».

Yo: «Prefiero besarte».

Pau: «Uf... Por favor, no me digas estas cosas... Me vuelvo si me lo repites».

Yo: «¡Quiero besarte, quiero besarte!».

Pau: «¡Mala! Tengo que dejarte, entro a una entrevista. Ganas locas de estar a tu lado».

Yo: «Disfruta, nos vemos pronto».

Pau: «Contando los segundos... Cualquier cosa que necesites llámame, ¿vale?».

Yo: «¡Hecho! Aunque soy una chica bastante apañada».

Pau: «Más que yo seguro, pues no te encontré por Barcelona».

Yo: «¿Por eso estabas en El Prat? ¿Fuiste a buscarme?».

Pau: «Por supuesto...».

Yo: «Jeje, me lo cuentas cuando nos veamos. Besitos».

Pau: «Besos por el cuello y... Mejor me callo».

Sonrío como una adolescente a la que le han pedido salir por primera vez. Pongo al día a mis amigos por nuestro grupo de WhatsApp y llamo a mamá para comentarle el tema de Jane y las regresiones.

—Hija, hola.

—Mami, ¿qué tal?

—Bien, ¿y tú?

—Bieeen, te quería comentar algo... ¿Recuerdas lo que viste en las cartas sobre las vidas pasadas?

—Sí, claro.

—Verás, aquí al lado del rancho hay una anciana, me ha dicho cosas y sabe hacer regresiones.

—Bueno... Si te inspira confianza, yo lo haría. Has llegado muy lejos, hija, como para no vivirlo todo. Si esa mujer está ahí, es por algo. Nada ocurre porque sí.

—Lo sé, mamá.

—En ese caso, ¿qué te asusta?

—Pues ver cosas que no me gusten.

—Pequeña, no verás nada que no tengas que ver. Solo prométeme que en cuanto lo hagas, me llamas y me cuentas. Estoy emocionada, como si lo estuviera viviendo todo yo.

—Ay, mamá..., jeje. Vale. Creo que iré hoy a ver a Jane, así se llama la mujer.

—Estupendo, hija. Un abrazo fuerte. Disfruta.

Acabo con algunas tareas más que me ha pedido Bonnie y me doy una ducha calentita. Tenía los huesos helados.

Cuando llego a casa de Jane es aún temprano para la comida, y la casita está sumida en la paz y el silencio.

—¡Jane! —grito sacando la cabeza por la puerta—. ¿Está en casa?

Pero nadie contesta y me temo que haya salido a comprar o algo. Vuelvo a probar.

—Hola, Jane, ¿está por ahí? —Espero unos segundos más.

—Sí, sí. ¿Quién hay?

—Soy Violeta.

Jane aparece desde el desván con el moño despeinado y un delantal puesto.

—Querida, perdona, estaba poniendo un poco de orden a mis trastos.

—Oh, genial. ¿Necesita ayuda? —me ofrezco.

—No, gracias, ya lo tengo casi todo listo. Pero veo que tú sí la necesitas.

—Vaya, ¿tan obvio es?

—Digamos que tengo buen ojo.

Nos reímos juntas y me invita a sentarnos en el gran sofá de su comedor.

—Aquí estaremos tranquilas; es temprano, así que tenemos tiempo si te apetece charlar.

—Si no es molestia…

—¿Molestia? Para nada. Yo encantada.

—Gracias.

Le cuento el encuentro con Pau, la chica con la que lo vi y los mensajes que nos hemos enviado. Le digo que me gustaría someterme a una regresión y Jane se presta a hacérmela.

—Está bien, si realmente quieres comprender, tenemos que empezar relajándote, te noto algo tensa.

—Bueno, serán los nervios.

—Es normal. Vamos a deshacernos de ellos.

Jane se levanta, prende unas velas que tiene encima de la mesa del comedor y enciende una barrita de incienso.

—Ponte cómoda y cierra los ojos.

Apoyo la espalda en el respaldo del sofá y cierro los ojos tomando conciencia de lo que estoy a punto de experimentar.

—Concéntrate en tu respiración. —La voz de Jane se torna suave y melodiosa.

Me recuerda a mi profesora de yoga cuando toca meditación.

—Las respiraciones deben ser profundas. Siente cómo el oxígeno llega a cada parte de tu ser.

Empiezo a relajarme.

—Aspira cinco veces, profundamente, y relaja tu cuerpo. Inspira por la nariz y exhala por la boca. Con cada inhalación, siente la paz que te invade. Siente cómo tus músculos se relajan, uno a uno, y deja de sentirlos. Relaja la cara, la mandíbula… El cuello, los hombros. Siente cómo cada vez pesas menos, relaja los brazos, las piernas…

Empiezo a sentirme muy ligera.

—Con cada respiración, relájate más y más. Deja de sentir el sofá, siente cómo tus pies no rozan el suelo, eres ligera y flotas. Siente que levitas.

Va haciendo silencios entre palabras creando un discurso muy pausado, y una sensación de ingravidez me recorre el cuerpo.

—Ahora voy a contar hacia atrás. Con cada número, te sentirás más y más relajada. Cuando llegue a uno te sentirás profundamente dormida, tu mente se habrá liberado de los miedos, el tiempo, el espacio y los límites. Puedes recordarlo todo. Cinco… Cuatro… Te sientes más y más relajada. Tres… Sientes un sueño profundo. Dos… Estás llegando… Uno… Estás profundamente relajada; si sientes alguna molestia, ahora o más adelante, tienes todo el control. Solo pídemelo y volverás.

Hace una larga pausa y una luz muy fuerte me deslumbra.

—Mira a tu alrededor, observa el lugar, si hay personas contigo. Busca las respuestas a tus preguntas, déjate llevar. Siente como si estuvieras ahí en cuerpo y alma ahora mismo.

La fuerte luz es un rayo de sol que se cuela entre una madera y una rejilla. Hace frío, mucho frío.

—¿Dónde estás?

—No lo sé… —respondo desde una lejanía absoluta.

—¿Qué ves?

—Estoy en un barracón mugriento. En un colchón en el suelo, individual, sin sábanas, tengo una niña dormida en mi regazo. Es mi hija. Sé que es mi hija. Hace mucho frío. La puerta tiene una reja, parece algún tipo de cárcel. No puede ser, es horrible, hay un montón de colchones más como el mío pero están vacíos. Vamos muy mal vestidas, la ropa es vieja y está húmeda. Mi hija tiene la cara sucia de llorar, debe de tener unos dos años; me pide que le dé el pecho. Se lo doy sin vacilar. Echo mucho de menos al padre de mi hija. Hace mucho tiempo que no lo veo. Ha muerto en la guerra. ¿Qué guerra será? Me siento abatida, sola y asustada. Pero soy fuerte. Por mi hija, hago lo que haga falta.

—¿Puedes levantarte y mirar qué hay fuera, al otro lado de la puerta? ¿Está abierta? ¿Hay alguien con quien puedas hablar?

—Le estoy dando de mamar a mi hija, se llama Flora. Mi nombre es Tomasa. La puerta está abierta. Hay más mujeres fuera. Voy a hablar con ellas.

—Tómate tu tiempo.

Tardo unos minutos en contestar.

—Estamos en la frontera con Francia. Es el año 1939, España está en plena Guerra Civil. Estamos en un campo de concentración. Nos llaman rojas, republicanas. Los guardias nos tratan con desprecio. Por haber huido de España. Siento un gran dolor en el pecho. Angustia e impotencia. Mi hija me pide más comida. Tiene hambre y no puedo darle más que un trozo de pan que me han dado y el pecho. Hace un año huimos de nuestra casa al enterarme de la noticia de que mi marido estaba muerto. No teníamos nada, ni nada que hacer. Ni comida ni dinero. Me junté con un grupo de mujeres y huimos a Francia, pero nos pillaron y nos trajeron aquí. Empiezo a recordarlo todo… Al menos, tenemos pan y sopa. No es gran cosa, se lo doy todo a mi pequeña Flora. La quiero con toda mi alma. Mataría por ella. Nunca había sentido nada así.

—¿Recuerdas a tu marido?

—Sí, se fue a la guerra. Él no quería. Somos republicanos. Se llamaba Juan. Lo daba todo por nosotras. Siento una conexión muy fuerte con él. Un sentimiento muy fuerte hacía él.

—¿Crees que él es Pau?

—Sí, sin duda. Siento la misma conexión. De hecho, es el mismo sentimiento.

—Sí, eso pasa cuando alguien de una vida pasada se reencarna en una presente y os encontráis: aunque son personas diferentes, el sentimiento es el mismo. ¿Puedes avanzar un poco en el tiempo? Solo desea ir un poco más adelante

—Vale. —Hago otra larga pausa—. Ha pasado un año. Seguimos en el mismo campo de concentración. He aprendido a escaparme por las noches y ahora puedo robar algo de verdura de un huerto que tenemos al lado del vallado. Hoy es el día de la correspondencia. Todas mis compañeras reciben cartas de sus maridos. Estamos muy unidas. Flora está sana, porque sigue mamando. A pesar de tener ya tres años. Con las mujeres planeamos cómo huir, pero ninguna se atreve. A la última que lo intentó la mataron de una paliza. Una de mis compañeras que no sabe leer me pregunta si yo le puedo leer la carta que ha recibido. Saben que yo pude estudiar y que sé leer y escribir. La mayoría de ellas no saben. Así que siempre les leo sus cartas; a cambio me dan un poco más de comida para Flora. Esta chica es nueva, y es la primera carta que recibe. Está muy asustada pues me cuenta que está firmada por su marido, pero que su marido no sabe escribir. No entiende cómo es posible que esté recibiendo correspondencia de él. España está sumida en la pobreza de la posguerra. Los maridos que han sobrevivido han vuelto a sus casas, por eso pueden escribirles. Siento mucha nostalgia y pena de que el mío no haya podido volver a casa. Nos queríamos tanto...

—Léele la carta.

—Sí, voy.

—Violeta, ¿estás bien?

Silencio.

—Violeta, me estás asustando, ¿qué ocurre? ¿Por qué lloras? Habla, por favor, o despierta. Si ocurre algo, despierta, vuelve.

Más silencio. Las lágrimas empiezan a rodar por mis mejillas aun con los ojos cerrados.

—La carta. La carta de esta chica. La letra, conozco esta letra.

—No te entiendo, Violeta. ¿Conoces la letra de su marido?

—No la ha escrito su marido, él no sabe escribir.

—¿Quién la ha escrito, entonces?

—No puede ser. No puede ser…

—¿La ha escrito alguien que conoces?

—La ha escrito mi marido.

—¿Juan? Pero Juan está muerto.

—No, no puede estar muerto. Esta es su letra y la fecha es de este mes.

—Vale, necesito que avances en el tiempo.

—No. Tengo que averiguarlo.

—Violeta, si te sientes mal, despierta.

—Mi marido ha escrito la carta para que puedan comunicarse. Y ella me ha pedido a mí que la lea. En ella, el marido de esta mujer dice que un amable compatriota se la ha escrito. Es su letra, estoy segura. He de escribirle.

—No puedes escribirle. No puedes hacer cosas a tu antojo en una vida pasada. Tienes que avanzar en el tiempo.

—De acuerdo, de acuerdo.

Hay un largo silencio mientras lo intento.

—Han pasado tres meses, me encuentro mal. Creo que estoy enferma. No tengo fuerzas para levantarme de la cama. Flora llora y llora, no puedo darle el pecho. Mi marido está vivo, pude escribirle y estamos en contacto. No puede venir a por mí porque la frontera está cerrada y si se arriesga lo cogerán y se lo llevarán los alemanes a un campo de concentración. Lo intentó pero no logró llegar a la frontera. Veo que en mi última carta le explico que he cogido el tifus. Así que ya entiendo por qué me encuentro tan débil.

Un dolor agudo me hace encogerme. Es tan real que me asusto y quiero despertar. Pero no lo hago.

—Una de mis compañeras se encarga de ayudarme con Flora. Creo que me voy a morir... Estoy asustada. Solo quiero salir de aquí. Volver con él. Pero si muere o lo recluyen, Flora se quedará sola si me pasa algo. Es demasiado pequeña. Tengo que cuidar de mi niña, tengo que cuidar de ella.

—Parece un momento muy delicado para ti... —dice Jane al sentir mi dolor.

—No puedo parar de llorar. La impotencia se apodera de mí. Creo que me estoy muriendo. Tengo miedo.

—Tranquila, trata de avanzar en el tiempo, sal de ese momento.

—Vale.

Silencio.

—No puedo, no puedo. No puedo avanzar. Creo que no hay más.

—Es probable que murieras en ese momento. Vamos a hacer que vuelvas.

—No... No puedo dejar a Flora sola.

—Violeta. No puedes hacer nada, solo observar, y es mejor que no estés ahí.

—Veo cómo recibo una última carta. Me la acaban de traer; aunque no puedo moverme, logro leerla. Es de Juan. Me dice que va a venir a por mí. Que no moriré aquí sola. Que pase lo que pase llegará hasta mí y me llevará a un hospital en España. Aunque sea lo último que haga en la vida. Me pide que cante nuestra canción para pensar en él y estar feliz, y que se la cante a Flora... No puedo ver nada más.

—¿A qué te refieres?

—No puedo seguir aquí, en el campo de concentración, todo se vuelve oscuro…, me cuesta ver.

—De acuerdo, tienes que despertar. Voy a contar hasta cinco y tienes que ir regresando poco a poco. Uno, empiezas a despertar. Dos, empiezas a sentir tu cuerpo, los pies, las piernas, las manos… Tres, tienes que despertar. Cuatro, cada vez estás más activa y despierta, te sientes muy bien… Cinco, te sientes bien y despiertas, vuelve al presente… ¿Violeta?

Abro los ojos muy despacito y las lágrimas vuelven a brotar de mis ojos sin poder controlarlo.

—¿Estás bien, querida?

—Me siento muy triste, ha sido muy impactante… Mi hija… ¿Cómo puede ser tan real?

—Por lo que me has contado, no tuviste una vida fácil… Siento que hayas pasado un mal rato. ¿Te apetece que hablemos sobre el tema, o prefieres descansar?

—Hablémoslo, por favor.

Trato de volver en mí, aún percibo vestigios de aquella mujer que fui. Que sufrió. Sin duda, lo que he revivido es real, son recuerdos, no ha tenido nada que ver con la experiencia que tuve en los sueños lúcidos. Esto ha sido como recordar. El amor que sentía por mi marido, el modo en que lo echaba de menos…, los reconozco como míos, son idénticos a mis sentimientos por Pau. He amado otras veces, y he echado de menos también, y cada vez ha sido diferente, pero estas dos veces, en la regresión y con Pau, han sido idénticas. Juan era Pau. Mi marido, reconozco el sentimiento.

—Sí, lo sé. Tiene todo el sentido. Tenéis un vínculo, algo que sanar juntos. Moriste joven en tu anterior vida, o eso parece. Cuando es imposible avanzar en el tiempo es porque no hay más. Porque no se ha vivido más en esa vida. Y si estabas enferma y has sentido eso, probablemente es porque no lograste reencontrarte con tu marido al final. Y esa relación inacabada os ha hecho reencarnaros para poder acabar lo que os prometisteis. Las relaciones kármicas funcionan así.

—Me parece tan increíble…

—Me contaste que Pau y tú en los sueños lúcidos os encontráis siempre en Barcelona. Si fuiste una mujer republicana que huyó a Francia, es muy probable que fueras de Barcelona en tu anterior vida. Por ello Paul, como se llama en realidad, se presentó como Pau, te dijo su nombre en tu idioma, y no en el suyo. Porque de manera inconsciente él sabía que pertenecía ahí, motivo por el cual también os encontrabais ahí. Porque ese era vuestro hogar.

Sigo con lágrimas en los ojos y por primera vez todo cobra sentido para mí. Repito como hipnotizada:

—Por eso Pau estaba en Barcelona en el sueño lúcido, por eso el nombre en nuestra vida idílica. Me pidió que cantara nuestra canción. No he logrado recordar qué canción era. Pero en los sueños siempre nos encontrábamos cuando sonaba la misma canción.

—Sí, suelen ser patrones, para que las personas, de una vida a otra, se reconozcan. Si en la vida pasada teníais una canción que era importante y os hacía sentir unidos, es probable que en esta también os pase y tengáis otra canción que también os una. Pasa con miles de cosas: una comida que a ambos os guste, un lugar especial, la música…

—Tengo que contárselo.

—Es bonito que lo puedas compartir con él. Está claro que al final lo habéis logrado. Os prometisteis volver a estar juntos y lo habéis logrado, aunque sea en otra vida.

—¿Cómo puedes estar tan segura de que todo esto es real? ¿De que no ha sido más que un sueño para mí?

—¿No lo sientes real?

—Lo siento tan real como que me llamo Violeta, pero me fascina tanto… que busco explicaciones.

—Pues eso es todo lo que cuenta. La muerte no existe.

Piénsalo. Ni siquiera la muerte física, pues incluso cuando mueres estás generando vida. De tu cuerpo nacen miles de bacterias, gusanos y seres vivos que se alimentan de ti. Están vivos. Por ello la muerte como fenómeno natural no es posible. Es un concepto que hemos inventado para definir lo que ocurre cuando alguien abandona su cuerpo, o lo que es lo mismo, cuando la materia orgánica que lo conforma deja de moverse. Al menos con esa conciencia a la que reconocemos como alguien. Llamémosle alma si lo prefieres.

—¿Cómo sabe tanto sobre la muerte, Jane?

—Querida, trabajé como médico adjunta en el Hospital Central de Chicago treinta años, me dedicaba a la cardiología. Tantas veces vi gente morirse durante unos instantes... Su cuerpo dejaba de funcionar. Su corazón no latía, no llegaba oxígeno a sus pulmones. A algunos de ellos lográbamos reanimarlos. A esto se le llama experiencias cercanas a la muerte. Todos coincidían en una cosa. No habían dejado de sentir. Su conciencia estaba ahí. Algunos recuerdan lo que decíamos en el quirófano. Otros lograban recordar con imágenes cosas que habían sucedido mientras estaban clínicamente muertos. Si fuera así, si estaban muertos tal y como nosotros entendemos por muertos, ¿por qué su conciencia seguía viva? ¿Dónde va esa conciencia al morir?

—Jane, tendría que haber empezado por contarme que era médica...

—¿Habrías estado más tranquila?

—Quizá sí —le digo, y me alivia saber que entiende tanto sobre la materia.

—Lo que quería es que tomaras la decisión por ti misma, no por lo que yo pudiera hacerte creer.

—¿Qué ocurría con esos pacientes que volvían de la muerte?

—Que me hicieron darme cuenta de que eso era todo lo que me interesaba en la vida. Investigar qué ocurre al dejar nuestro cuerpo físico, dónde va nuestra conciencia. Comprendí que la conciencia no es producto de nuestro cerebro sino que utiliza a nuestro cerebro. Esta conciencia es una energía, y como energía que es, ni se crea ni se destruye. Solo se transforma y perdura. Dejé el hospital y empecé a estudiar Física cuántica. Comprendí que existe una conciencia colectiva.

—¿Como cuando los animales de una misma especie tienen comportamientos idénticos aun estando en dos partes separadas del mundo?

—Exacto. Como que a todos nos dan miedo las mismas cosas, bueno, similares, y nos hacen felices otras. Formamos parte de un todo que va sumando información con cada vida.

—¿Trata de decirme que somos como receptores y emisores de información, que en cada vida enviamos unos conocimientos a una conciencia colectiva?

—Algo así. Tras todos mis estudios, lo que más sentido tiene es que la Tierra está viva y tiene una conciencia a la que estamos todos conectados, animales, humanos, plantas, y con el paso de los años esta energía, que va de cuerpo en cuerpo, va aprendiendo, cometiendo errores, acertando, investigando, y todo forma parte de lo mismo. De la supervivencia colectiva, es decir, de la Tierra. La materia orgánica nace y muere, pero la Tierra perdura, al menos de momento.

Asiento admirada por los conocimientos de esta mujer.

—Paul y tú sois insignificantes para el resto del mundo, pero sois una parte fundamental de esta energía. Estáis unidos porque tenéis algo que sanar. Porque esta energía solo puede sumar, nunca restar, y volveréis tantas veces como haga falta para que la vibra que aportéis al todo no sea más que buena energía. Mientras no sea así, volveréis a nacer y a morir, hasta que hayáis logrado comprender el sentido de la vida y podáis aportar esa paz al mundo. A la conciencia colectiva.

—Guau —digo realmente asombrada.

—Demasiada información, imagino…

—Me encanta. Y ahora que lo pienso, siempre he tenido claustrofobia.

—He ahí un trauma que arrastras de tu anterior vida.

—¿Cómo acabaría la vida de mi marido? ¿Logró llegar a Francia? ¿Murió? ¿Crio a nuestra hija solo?

—Todas esas respuestas solo puede dártelas Paul.

—Haciendo una regresión…

—Exacto. Pero no creo que sea eso lo importante, querida. Céntrate en ti. En por qué es tan importante para ti encontrarte con él.

—Tengo una sensación tan extraña en el cuerpo…

—Es normal, imagínate si hubiéramos retrocedido tres vidas atrás, cuánta información oculta…

—¿Se puede?

—Por supuesto.

—Ostras…

—Pero no lo recomiendo a no ser que sea para sanar algo o para comprender algo que te atormenta. En tu caso, demasiadas emociones.

—¿Cómo acabó usted aquí, Jane?

—Soy muy mayor ya… Cuando mi marido falleció, decidí dejar la investigación y el hospital, pues aún hacía horas sueltas, para dedicarme a mi segunda pasión. La cocina. Empecé ofreciendo sesiones de regresión a la gente que se hospedaba aquí, pero me di cuenta de que seguía teniendo pacientes y que ya tenía suficiente de relaciones de ese tipo en mi vida. Así que acabé ofreciendo hogar y comida a viajeros que pasaban por esta hermosa tierra que tanto nos gustaba a mi marido y a mí.

—¿Ha tenido una vida feliz? —le pregunto a Jane realmente interesada.

—Tan feliz que me da vergüenza reconocerlo.

—¡Anda ya!

—De verdad, fui tan feliz, y lo sigo siendo, que cuando me lo preguntan me da un reparo admitirlo...

—Pues yo me siento feliz de su felicidad, creo que por ello siempre tiene la casa llena de huéspedes. Atrae a esas personas.

—Entonces te he atraído a ti, pequeña viajera.

—Sí, eso parece.

—Ojalá vuestra historia acabe como merecéis. Y podáis encontraros al fin como os prometisteis.

—Gracias, Jane. —Le sonrío, y ambas nos abrazamos.

—A ti, por confiar en mí. Debo ponerme manos a la obra en la cocina, o los clientes se quedarán sin comer.

—¡Le ayudo! Si no le importa.

—¿De veras te apetece?

—Sí, claro, puedo encargarme de servir las mesas hoy, así puede quedarse tranquila en la cocina.

—Fantástico. Ven, te enseñaré el menú. Ya está casi cocinado.

Nos dirigimos a la cocina y me enseña las recetas de hoy. Huele de muerte y se me abre el apetit. Comemos antes del servicio y Jane me cuenta que hace años que nadie le echa una mano. Su hija, que ahora vive en Carolina del Sur, solía ayudarla, pero ahora tiene dos hijos y la pobre anda muy atareada. Tienen una bonita relación y para Acción de Gracias siempre pasan una semana juntas con toda la familia. Jane no es una mujer solitaria, tiene tanta luz que da ganas de estar a su lado y aprender de ella. Ahora entiendo que Bonnie diga que es adorable. No hay duda.

Ayudar a Jane ha sido genial, me he olvidado de todo durante unas horas y me ha ido bien. Ahora, de camino al rancho, reflexiono sobre la regresión; me cuesta asimilar el dolor y el miedo que he sentido. He sido madre por unos instantes, era real. Quiero contárselo a Pau, que él lo experimente, ver si realmente coincidimos y él fue mi marido. Cojo el móvil para contárselo todo a mamá y veo una llamada perdida de él.

Marco su número y descuelga al segundo tono.

—Pensé que ya no querías saber nada de mí.

—Pau...

—Me asustas, ¿qué ocurre?

—Me acaban de hacer una regresión.

—¿Cómo?

—Pues eso es largo de explicar pero, en definitiva, eso. Una vecina de aquí sabe hacer estas cosas y...

Pau me interrumpe:

—Nos conocemos de otra vida.

—Sí, bastante... Te lo cuento cuando te vea, no te lo vas a creer. Es un drama.

—Adelántame algo.

—Estábamos casados y teníamos una hija preciosa.

—Joder...

—Y tú te ibas a la guerra y yo a un campo de concentración.

—Un momento, ¿en serio?

—Sí, te lo juro, era real... Pero te lo explico cuando nos veamos...

—Estoy en Rockford un día antes. He podido acortar el viaje, necesito verte.

—Me gusta oír eso.

—¿Te gusta oír que te echo de menos?

—Me gusta, sí.

—Pues te echo muuucho de menos —dice exagerando para que me ría.

—Y yo... Si lo que hoy he vivido es real, cuando nos veamos, será un reencuentro muy especial.

—Lo sería de todos modos, aunque no te hubiera visto en la vida.

Me quedo callada para saborear sus palabras.

—¿Cómo van los bolos y demás?

—Superbién. Esta noche voy a tocar tu canción en un canal de televisión, por si quieres verlo.

—Sí, claro. ¿En cuál?

—El Canal 8. A las nueve de la noche.

—Ahí estaré esperándote, al otro lado del televisor.

—Me gusta saber que mi canción tiene una dueña real y no solo una mujer perfecta de mis sueños lúcidos.

—Nunca nadie me ha escrito una canción. Es precioso...

—Es lo que te mereces.

—Te dejo, que estoy llegando al rancho y voy a ver si necesitan ayuda.

—Genial, disfruta de la tarde.

—Un besito.

—Mil para ti.

Tomo aire y entro al rancho. No hay nadie dentro, así que me voy para mi habitación, me doy un largo baño de los que tanto me gustan y me tumbo en la cama. Tengo ganas de contárselo todo a Bonnie, a mi madre, a mis amigos... Pero durante un rato me lo guardo para mí. Mi tesoro. Mi momento...

7

Si lo ves y tu estómago se encoge,
no hay nada que decidir.
Olvídalo.
Ya es tarde.
Ya has elegido.

Los dos días siguientes se me pasan volando. Le pido a Chris que me dé tareas para que las horas vuelen rápidas y me pongo a trabajar a tope. Pau regresa hoy y, según lo que hemos hablado estos días, deja el equipaje en Rockford y viene para aquí. No puedo ocultar la emoción que siento y voy por la vida con una sonrisa de oreja a oreja.

Bonnie y yo hemos ido de compras; necesitaba urgentemente algo más de ropa, un pijama, un par de mallas y camisetas. Empieza diciembre y hace mucho frío.

Siento el calor de la manta sobre mi cuerpo, y solo de pensar que hoy es el día, me dan ganas de dar un salto de la cama. Pero al mirar por la ventana y ver cómo pequeñas motas de nieve caen sobre la casa —ayer ya empezó a nevar—, hace que desee quedarme un ratito más, perezosa entre las sábanas. Son solo las seis de la mañana, y como de costumbre, las tareas empiezan supertemprano. Ya casi me he acostumbrado.

Saco un pie despacio y luego el otro y corro hasta la silla donde tengo el chándal. Me gusta dormir desnuda incluso en pleno invierno. El suelo está cálido, la madera cruje bajo mis pies, y decido hacer unos estiramientos antes de bajar a desayunar. Busco la canción que Pau versionó para mí y la dejo sonar en el móvil.

Empiezo con movimientos circulares de la cabeza y el cuello, varias veces para relajar la musculatura de las cervicales, y poco a poco voy estirando hasta tocar con las palmas de las manos el suelo sin doblar las rodillas. La canción me susurra palabras de amor. Me siento y sigo relajándome, un par de posturas de yoga, la cobra y el saludo al sol. Inhalo, exhalo... Trato de tomar conciencia de mi cuerpo.

Hoy será un día de fuertes emociones. Repito las posturas e improviso unas cuantas nuevas. La canción llega a su fin y cierro los ojos, sentada en el suelo con las piernas cruzadas, y me permito saborear los últimos acordes. Tras unos segundos me levanto y me pongo uno de mis tejanos nuevos encima de las mallas que llevo, hace demasiado frío fuera.

Me asomo a la ventana y las colinas comienzan a verse blancas. Parece que la nieve empieza a cuajar y la estampa es preciosa.

Y si nos unen vidas pasadas
y si te he amado en otros cuerpos ya
y si te conozco más allá de estos tiempos,
más allá de mis muertes.

Y si todo es real
y si hemos vuelto solo para encontrarnos una vez más...
¿Y si fuera la última?
Y si no nos encontráramos nunca más...

Tras el desayuno salgo bien abrigada a pasear con los caballos salvajes. Tengo que hacer recuento para asegurarme de que están todos y revisar que ninguno tenga un comportamiento extraño. Reviso el móvil para ver si me ha escrito alguien, pero parece que no tengo cobertura en esta parte del rancho. Me dedico a pasear entre los caballos y prestar atención a los que me reclaman mimos. Al acabar, cojo a Soul y le doy su paseo diario para que vaya conociendo a la manada. Con la rienda bien suelta, como me han enseñado. Pierdo la noción del tiempo en este paraje natural tan bello.

—Disculpe, estoy buscando a la *cowgirl* más sexi del estado, ¿la ha visto?

Pau me sorprende por la espalda y me vuelvo de golpe. Está a escasos metros de mí, con unos vaqueros grises desgastados, un jersey negro y una chaqueta de borrego tejana negra también. Sonrío y camina hacia mí. Me he quedado inmóvil pero mi interior es una fiesta. Por fin, él y yo a solas. Ahora sí. Euforia reprimida: «No llores, Violeta, no llores». Pero es imposible. La sonrisa se me tatúa en la cara y las lágrimas ruedan por sí solas.

—Perdona por haber tardado tanto. —Su tono de voz suena seguro.

—¡Pau!

A diferencia del otro día en el concierto, hoy me siento pletórica, así que corro a su encuentro y me lanzo a abrazarlo. Siento cómo su cuerpo se destensa y me aprieta contra su pecho.

El abrazo es largo, intenso, y lo siento en cada poro de mi piel.

—Siento mucho haberme tenido que ir el otro día.

—No pasa nada.

—Estoy aquí. En carne y hueso.

Me sujeta ambas manos y me mira de arriba abajo.

—Estás preciosa.

—¡Anda ya!

—¿Te ayudo con esta preciosidad? —dice señalando a Soul.

—¿Entiendes de caballos?

—Por supuesto. Mi abuelo tenía un rancho con muchas hectáreas. ¿Cómo te crees que me ganaba la paga? Limpiando caca de caballo, por supuesto.

Nos reímos y me relaja saber que sigue teniendo ese sentido del humor que tanto me gusta.

—Llevémosla a su cuadra y demos un paseo —le propongo para pasar un rato a solas.

—Dame, yo la llevaré.

Dejamos a Soul en su cuadra y empezamos a caminar por el sendero que lleva a casa de Jane. Es la hora de comer y me gustaría mostrarle su bonita casa azul.

—Te fui a buscar —me cuenta—. A Barcelona.

—Te vi…

—¿Cómo?

—Te vi en el aeropuerto. Fue tan rápido…, no me dio tiempo a hacer nada. Solo vi que embarcabas rumbo a Chicago y compré un billete para el siguiente vuelo. Y aquí estoy.

—Guau, gracias por cometer tal locura. ¡Menos mal! Me pasé un mes. Un mes recorriendo la ciudad como un loco, yendo a tus rincones favoritos, visitando todas las galerías de arte.

—Estuve de vacaciones…, bueno, de baja laboral.

—También fui a los lugares en los que estuvimos juntos, pero nunca te vi. ¿Qué te pasó? ¿Recuerdas la última conexión?

—Sí…, cómo olvidarla…

—¿Qué te ocurrió?

—Me resistí a volver y el fármaco me produjo una parada cardiorrespiratoria.

—No puede ser…

—Sí... Por eso no he vuelto a conectarme. Bueno, tampoco me quedaban sesiones, pero hubiera podido viajar aquí y conectarme para buscarte, el caso es que me lo han prohibido. Han denegado mi conexión indefinidamente. Parece que no soy apta.

—Me asustaste tanto...

—Lo sé, lo siento.

—Vi cómo te desvanecías, cómo te desconectabas de verdad. Nunca nos había pasado.

—No recuerdo qué sucedió, solo que no quería irme.

—Sea como sea, ya no tiene importancia. —Pau me sonríe—. Me gusta que me llames Pau, por cierto. Suena muy catalán.

Me río y le doy un empujoncito.

—Cuéntame, ¿cómo es que fuiste a Barcelona?

—Después de la última conexión volví a probar dos veces más, pero no te encontré por ningún lado. Perdí un poco el norte. Iba por la vida, la vida real, como deambulando, no me interesaba nada, ni mis amigos, ni mi familia, ni la música siquiera. Solo escribía sobre ti y sobre lo vacío que me sentía. Ann, la chica que viste el otro día en el concierto, es mi expareja. Me separé de ella hace unos seis meses; entonces empecé a conectarme a la máquina, porque mi vida real era bastante decepcionante a nivel emocional. La música era todo lo que tenía, y los intereses de la gente cuando te haces famoso dan asco.

—Imagino...

—Ella, al verme tan mal estos últimos meses, se preocupó bastante por mí. Le conté todo sobre ti y le dolió bastante; nunca ha superado nuestra ruptura. Trató varias veces de que volviéramos, pero yo no podía, a pesar del gran cariño y respeto que siento por ella. Lo ha pasado muy mal, sobre todo cuando le conté mi relación contigo, y cuando le dije que me iba a Barcelona a buscarte, se quedó destrozada.

—Me sabe mal… —Y lo digo de corazón, sé lo que es sufrir por un ex y es terrible.

—El otro día, cuando regresé de Barcelona, estaba esperándome en el aeropuerto, me invitó a cenar y acabamos en su casa bebiendo vino, y una cosa dio pie a otra y acabamos en la cama. No debería haber ocurrido. Me sentía solo, había bebido demasiado y, en fin…, desde entonces ella se comporta como si estuviéramos de nuevo juntos y no he sabido muy bien cómo llevarlo. Cuando te vi en el concierto me quedé paralizado, no supe cómo actuar… No podía decirle: «Venga, adiós, me voy con ella». Por eso preferí irme con ella y explicarle que eras tú.

—¿Se lo tomó bien?

—No…

—Yo estuve igual por un ex mío, Tomás. De hecho, me conecté a la máquina para volver con él. Y él era el chico con el que salía en el sueño lúcido… Hasta que apareciste tú.

Pau se para en seco y me mira. Estamos llegando casi al hostal de Jane.

—Por mi parte, ya nada me ata. Quiero conocerte, Violeta. Ahora que por fin te tengo enfrente. Nunca he estado tan seguro de nada en mi vida.

Sonrío y Pau da un paso hacia delante. Podría besarme de lo cerca que está pero no lo hace. Cierra los ojos y toma aire apoyando su mejilla en mi frente. Podría besarlo yo a él, pero tampoco lo hago. Por el contrario, tomo aire y disfruto del momento. No necesito nada más. Hace frío, los suaves copos de nieve empiezan a calarnos la ropa; los pájaros cantan sobre nuestras cabezas y el olor a comida en el horno nos alcanza de repente.

—Me muero de hambre —me dice Pau sonriendo y abrazándome.

—Te enseñaré un sitio.

—Si es de donde viene este olor, me has ganado.

—Pues espérate a conocer a Jane.

—Te veo muy hecha al lugar para llevar solo unos días, pequeña vaquera.

—Ni se te ocurra llamarme ardillita, ¿eh? —Le hago la broma para ver si se acuerda de nuestras citas en los sueños lúcidos y Pau estalla a reír.

—Ardillita..., la vaquera.

—Eres lo peor. Vamos a comer, anda, te falta glucosa en esa cabecita.

—No me hagas decirte lo que me falta —me dice con una mirada pícara.

Nos damos la mano ambos a la vez y un cosquilleo me recorre todo el cuerpo. Vuelvo a sentir la conexión, la química entre los dos. Nos acercamos a la bonita casa azul, hoy parece estar más llena.

Jane me sonríe desde la puerta de la cocina, de donde está sacando unos platos para servir.

—Buenos días, pareja.

—Buenos días, señora —le saluda Pau con simpatía.

—Hola, Jane, traigo un nuevo cliente.

—Qué buena noticia. Parece alguien muy especial —me dice y me guiña un ojo.

Jane se da cuenta de que es él y me sonríe de un modo que dice tantas cosas que sobran las palabras. Nos sentamos en una mesita al lado de un gran ventanal que da al porche. La chimenea arde calentando a los comensales y Jane se dirige a nosotros con su peculiar energía.

—Violeta, me alegro tanto de que por fin os hayáis encontrado...

Le sonrío y Pau alza las cejas.

—Ella es quien me hizo la regresión —le explico para que entienda a qué se refiere y no se quede fuera de la conversación.

—¡Oh! Qué suerte conocerla. Me parece increíble lo que hace. Violeta me ha contado un poco.

—Nada, solo trato de ayudar a entender. Disculpadme, chicos, pero hoy estoy a tope. Os tomo nota, ¿vale?

—¿Qué nos ofrece para comer? —pregunta Pau.

—Hoy tenemos un cocido de patata con boniato y cebolla de primero, o una crema de puerro con huevo duro, y de segundo, *quiche* de berenjena y setas, o macarrones con salsa de coco.

—Mmm... Yo quiero la crema y los macarrones. —Me decido al instante.

—Pues yo lo otro, así probamos todo. Huele genial.

—Gracias, queridos. En breve os lo traigo.

—Gracias, Jane. —Me vuelvo hacia él y me hago la interesante—. Y dime, Pau, ¿quién eres?

A Pau le da la risa con mi pregunta, pero ambos sabemos que no tenemos mucha idea de la vida del otro.

—Veamos, me presento. Hola, mi nombre es Paul Lewis, Pau para las chicas guapas. —Se ríe—. Soy cantautor, aunque estudié Arquitectura, mi vocación frustrada; cantar se me da mejor, parece. He empezado a hacerme un poco conocido este último año gracias a mi *single Either Way*. Es una canción triste y melancólica que escribí para mi madre, es el reflejo de la relación de mis padres, ella tan dispuesta a darlo todo por él a pesar de que él no lo mereciera. Gustan mucho las letras tristes.

—¿Eres muy famoso?

—No, en realidad no. Fuera de Chicago y algunas ciudades de Illinois me conoce poca gente, y prefiero que siga siendo así. Siempre he cantado para mí y los míos. Lo que hacía contigo en el sueño lúcido era perfecto.

—Perfecta fue la actuación que te marcaste delante de miles de personas.

Pau se ríe y yo saboreo el recuerdo como si fuera ayer.

—Si hubiera sido la vida real, el público se me habría tirado encima.

—¡Qué va! A la gente también le gustan las canciones románticas.

—Sí, también tienes razón. Poco más sobre mí. Vivo en Rockford.

—Lo sé, te busqué en Google.

—Me llevas ventaja.

—Solo un poquito.

—Y vivo ahí desde que me mudé hace seis años. Soy de Indiana. Mis padres tienen una granja de calabazas en el este del estado.

—Eres un chico de pueblo, entonces.

—Sí, soy un chico rural. Pero mis años en la ciudad me han hecho un *gentleman*. —Se burla y posa con su mejor cara fingiendo ser un tío serio. Sus ojos verdes brillan con el reflejo del fuego de la chimenea.

—¿Cómo llevas la fama?

—Es abrumador.

—Te queda sexi.

—¿Eso pensaste cuando me viste en el concierto?

—No exactamente.

—¿Ah, no? ¿Y qué pensaste?

—Que eras aún más guapo en la vida real.

Me doy cuenta de que, desde que vi a Pau, no había reparado en su ligero cambio de *look*. Lleva el pelo más largo de lo que recuerdo y el color castaño de sus raíces se torna rubio hacia las puntas. Lo tiene ligeramente ondulado y notablemente más largo que en el sueño. La barba, un poco más larga, y los ojos, ligeramente más verdes.

—Estás diferente…

—Sí, en el sueño era un empresario serio. En la vida real soy un bohemio descuidado. —Vuelve a bromear, porque para nada se le ve dejado; solo eso, un poco más bohemio.

—Tú eres exactamente igual de bonita.

—Gracias. —Me ruborizo y le tomo la mano.

Jane nos sirve los primeros y disfrutamos del banquete compartiendo los platos que hemos elegido.

—¿Cómo puede ser que un cantante que está empezando a despuntar en el mundo de la música necesitara huir de una vida real tan satisfactoria?

—¿Quién dice que fuera satisfactoria? Desde que rompí con Ann, me sentía tremendamente solo. A más fama, más soledad. Cuando leí un artículo sobre el doctor Hill quise probar. Tenía el dinero y la curiosidad suficientes como para atreverme.

—¿Y?

—Pues me di cuenta de que ser cantautor no era lo que más me llenaba. Aunque te parezca una persona extrovertida y bromista, suelo ser muy ermitaño y solitario. Me gusta la tranquilidad y pasar desapercibido. Soy un tío raro, supongo.

—No lo creo… ¿Y fuiste más feliz en tu trabajo en el sueño lúcido, como arquitecto?

—Es que allí estabas tú, no tiene punto de comparación con la vida real.

Jane nos sirve los segundos y el postre, mientras llega mi turno de contar a Pau mi vida: le hablo del pueblo donde crecí, lo que estudié, mi trabajo actual, del cual acabo de despedirme, y mis relaciones fallidas con los hombres. Me escucha con atención, pendiente de cada palabra. La comida estaba deliciosa, y sin darnos cuenta, charlando y charlando, nos quedamos los últimos en el comedor.

—Jane, la cuenta, por favor, no queremos entretenerte más.

—Oh, tranquilos, chicos. Estoy en casa. —Se ríe dándonos a entender que no tiene que irse a ningún sitio—. Hoy invito yo. No se suelen ver encuentros como el vuestro todos los días. Muchachos, ¿puede esta humilde anciana deciros algo?

—Por supuesto, Jane —contesta Pau por los dos.

—Tenéis un cometido juntos. Os veo. Va más allá de lo

que podéis comprender. Va más allá de este momento y de esta vida. Y hoy empieza un largo y bonito camino. No me equivoco con estas cosas.

Ambos sonreímos.

—No tengo palabras para agradecerle lo que me ha ayudado —admito.

—Somos almas en continua evolución. Como la vida de los seres vivos en general, y de los seres humanos en particular, es relativamente corta, necesitamos muchas vidas para aprender todas las lecciones necesarias que debemos asumir hasta pasar a la etapa siguiente.

—Se llevaría genial con mi madre, Jane.

—Sería bueno conocerla entonces.

—Está demasiado lejos…

—Si necesitáis hablar, podéis contar conmigo.

Y al ver nuestra predisposición a hacerlo en esa misma sobremesa, nuestra anfitriona toma asiento, y Pau y yo se lo agradecemos. Parece que alguien nos va a ayudar a entender. Y como si fuera una terapia, empiezo a hablar:

—Me sentía perdida en la vida, ni trabajaba en lo que me gusta, ni tengo el piso que me gustaría, y hasta conocer a Pau tampoco lograba tener relaciones sanas. Eso me ha hecho sentirme algo frustrada últimamente…

A la vez que reconozco mis sentimientos, me doy cuenta de que nunca me había abierto así con nadie, y menos con Pau. Él toma la palabra.

—Yo me he dado cuenta de que, por más que la gente me idolatre, no acabo de sentirme pleno. La gente me felicita por mis éxitos, soy cantautor —le explica Pau a Jane—, pero percibo que hay algo que no acaba de encajar.

—Parece que ambos estáis viviendo una experiencia incompleta, pero al encontraros todo empezará a cambiar.

—Sí, lo empezamos a sentir —dice Pau dándome la mano por encima de la mesa.

Tras un buen rato charlando con Jane nos despedimos, pues se hace tarde y seguro que necesita descansar, aunque le cueste admitirlo.

—Y ahora ¿qué?

—Esta noche tengo un bolo en un pub no muy lejos de aquí, ¿te apetece venir conmigo?

—Claro.

Al llegar nos damos cuenta de que no hay nadie en la casa. Veo una nota de Bonnie en la encimera de la cocina:

«Nos vamos de viaje a Chicago. Ha habido un imprevisto familiar. La madre de Chris está ingresada, nada grave, pero es mayor. Pasaremos la noche allí. Os hemos dejado troncos para la chimenea y algo de comida en el horno. Invita a Pau a quedarse sin problema, nos vemos mañana. Cualquier duda, llámame. Bonnie. XXX».

Pau me mira con cara de felicidad y asiento traviesa.

—Parece que sí, toda la casa para nosotros —le anuncio.

—Este rancho es muy bonito —dice Pau fijándose en la casa y en cómo está construida.

—¿Hacemos un poco de fuego? Hace frío.

—Yo me encargo.

—Bien, voy a preparar un té, ¿te apetece algo?

—Café.

—¿Con canela?

—Sí, por favor. —Me mira fijamente y se queda callado.

—¿Qué? —pregunto para que me diga en qué está pensando.

—Nada...

—¿Cómo que nada?

—Solo te miro. —Sus palabras son seguras. No vacila, no se asusta.

—Voy a preparar eso.

—Yo me pongo con la chimenea.

Voy hacia la cocina sintiéndome la mujer más feliz y plena del mundo. Preparo con mucho cariño su café y mi té, y antes de volver a su lado envío un mensaje a mis amigos.

Yo: «Chicos, estoy en el rancho con Pau, y estamos solos. Deseadme suerte».

Al instante Pablo escribe:

Pablo: «Te deseo el mejor polvo de tu vida. El resto, tú decides, jeje».

Yo: «Graciasss».

Max: «Te deseamos lo mejor, cariño».

Marta: «Ayyy, por fiiin. Tía, ni me lo creooo, por favor, disfrútalo al máximo y mándanos una fotooo».

Yo: «Jajaja, vale, chicos. Os quiero. Soy feliiizzz».

Pablo: «Jajajajaja».

Max: «Esta es mi chica».

Marta: «Te queremosss».

Dejo el teléfono en la cocina para que no nos molesten y vuelvo al comedor. En la gran chimenea ya están ardiendo algunos de los troncos que nos han dejado preparados. La estancia se calienta al instante. Las paredes de madera, el sofá con las mantas, la decoración rústica, Pau…

—No me lo creo —confiesa.

—Ni yo —le digo mientras me acerco a él y dejo los vasos en la mesita baja que hay al lado del sofá.

—Esta noche pienso cantar para ti. Aunque haya cientos de personas, para mí solo estarás tú. Nunca me había apetecido tanto tocar.

—Me hace mucha ilusión, será la segunda vez que te veo tocar de verdad…

—Pero la primera no cuenta porque yo no sabía que estabas allí.

Nos sentamos en el sofá y Pau me acerca a él con cariño. Apoyo mis piernas sobre las suyas y nos miramos fijamente. Cuando no encuentras palabras para describir lo que sientes, porque las palabras se quedan cortas, porque no sabes explicarlo, ni siquiera a ti misma, es cuando te das cuenta de que estás viviendo algo muy grande.

Nos quedamos en silencio, seguimos mirándonos, una mirada sincera, transparente, una mirada que se clava en el alma; nos conocemos y ambos lo sentimos. Lo hemos logrado, y nada puede estropear nuestro reencuentro. El chisporroteo de la chimenea, el crujir de la madera al quemarse y las motas de nieve cayendo fuera son el marco de este momento tan trascendental en mi vida. Pau me acaricia las manos y cierro los ojos para sentirlo. Es la primera vez que tenemos un rato de intimidad real y quiero vivirlo con todos los sentidos. Quiero que el tiempo pase lento. Saborearlo. Y grabarlo en mi memoria, no quiero olvidar esto jamás. Pau empieza a acariciar mi brazo por encima del jersey y llega a mi cuello. Noto el tacto de la yema de sus dedos en mi nuca y se me eriza la piel de todo el cuerpo. Solo con el roce de sus dedos puedo sentir escalofríos.

—Te haría el amor ahora mismo… —me susurra al oído. Y continúa—: Pero quiero hacértelo lento, sin pausa y acabar amaneciendo entre tus piernas…

—Entonces, esperemos a después del concierto.

—Sí…

Y sin previo aviso, se aproxima a mis labios. Cuando su labio roza el mío por primera vez, cojo aire, pues siento que voy a quedarme sin aliento. Mariposas por todo el cuerpo. Nos besamos. Nos besamos por primera vez y no es nuevo. No es desconocido. Son nuestros besos, como si todo lo que hubiéramos vivido fuera real. Pau me besa con ternura, su lengua recorre tímida y suavemente la mía, y sus labios carnosos me enamoran a cada beso. Un beso largo, húmedo. Un beso nuestro, familiar, perfecto. Un beso que sabe a volver a casa, a hogar.

Pau se detiene y me canta muy lentamente y flojito la letra de la canción que versionó para mí.

You've got all of me
I belong to you
Yeah you're my everything
In case you didn't know
I'm crazy 'bout you...

Tras una horita entre besos, palabras dulces susurradas al oído y contemplar el fuego y la nieve entrelazados en el sofá, nos preparamos para salir hacia el concierto. Me vuelvo a vestir como el otro día, Pau me pide que me ponga el vestido que lo dejó perplejo al encontrarnos, y a mí me encanta ponerme guapa para él. Y sentirme sexi e irresistible.

El pub es un local pequeño y acogedor. Llegamos justo cuando va a empezar y Pau me pregunta si quiero estar entre bambalinas o mezclada con el público. Yo siempre he sido más de sentarme en primera fila, así que me preparan una butaca pegada al escenario. Me siento y me preparo para contemplar a mi chico. «¿He dicho mi chico?»

A lo largo de la actuación disfruto de cada uno de sus temas; me fijo en cómo toca la guitarra, en cómo canta, en sus miradas, en el tono de su voz, en cómo sonríe. Me fijo en todo y empiezo a preguntarme: «Y ahora qué? ¿Qué ocurrirá? Por más que este lugar sea encantador, yo debo volver a casa, no me veo dejando todo atrás, mi familia, mis amigos... Supongo que ya habrá tiempo para hablarlo. Aún ni siquiera he pensado cuándo volveré, pero tampoco puedo tardar mucho, pues no tengo tanto dinero ahorrado».

Pau pide silencio al público y me mira fijamente.

—Esta canción es la canción más especial que he escrito y tocado jamás. Porque se la compuse a una mujer que aparecía en mis sueños, una mujer a la que jamás había tocado, una mujer que me caló y enamoró desde la primera vez que clavó su mirada en la mía. Aun estando dormido. Una mujer con la que aprendí que todo es posible y que existe la magia. Una mujer que hoy está aquí. —Se detiene y me mira, y la gente de mi alrededor me mira también y sonríe—. Una mujer increíble, por la que me he vuelto loco.

Y con estas bonitas palabras y las lágrimas rodando por mis mejillas, una vez más cierra el concierto cantándome, sin dejar de mirarme, y la sala estalla en aplausos y todos se ponen en pie. Ha sido un *unplugged* impecable. Me siento orgullosa a la vez que asombrada, sin duda es un gran artista.

Al acabar su actuación, volvemos para el rancho. Le mando un mensaje a Bonnie para preguntarle por la madre de Chris, y de paso, confirmar que Pau se queda a dormir.

Al llegar a casa, damos buena cuenta del pastel de verduras que Bonnie ha dejado en el horno. Estamos agotados del día de hoy, de las emociones, de la larga espera.

Acabamos de cenar y nos vamos a mi habitación. Enciendo una velita que hay en mi mesilla de noche y ponga *Mrs.* de Leon Bridges en mi portátil.

—La canción... —me susurra Pau mientras se quita la ropa para acostarse en la cama.

—Nuestra canción. Gracias a ella estamos aquí.

Y con ese tema de fondo, nos deshacemos de deseo. Pau recorre cada poro de mi piel a besos, tiernos, suaves, otros más pasionales, más urgentes. Me desnuda poco a poco. El calor de su piel es tan familiar... y cuando por fin hacemos el amor, ambos nos emocionamos y, aunque estamos excitadísimos, acabamos haciéndolo de un modo que no lo hemos hecho jamás, ni en los sueños lúcidos ni con otras parejas. Lento, tan lento que con cada movimiento puedo sentir cómo cada centímetro de su piel me hace suya. Más de media hora sin cambiar de postura. No hace falta. La sensación de tenerlo dentro de mí es tan brutal que todo lo demás sobra.

—¿Teníamos una hija en tu regresión?

—Sí... Se llamaba Flora... y lo que sentía por ella era un sentimiento fuera de este mundo. Nunca he sentido antes así.

—Era nuestra, qué fuerte.

—Sí...

—Cuando te hago el amor, siento exactamente lo mismo que en los sueños —me susurra al oído.

—Yo también.

—Es muy especial para mí. Me emociono.

Me fijo en sus ojos y puedo ver cómo brillan. Le sonrío y lo abrazo con fuerza. Se queda quieto dentro de mí unos segundos. Respirando a la vez, siendo uno, y llegamos juntos al orgasmo, entre jadeos, besos y una conexión y química que no parecen de este mundo.

Ha dejado de nevar. Nos levantamos con la manta enrollada a nuestros cuerpos y nos sentamos en la butaca que hay enfrente de la ventana de la habitación. De fondo en mi portátil sigue sonando música que nos gusta a los dos. Pau me señala para que mire el cielo, ahora se ve despejado y una gran luna llena ilumina la noche, haciendo visibles las blancas colinas. Una luna tan nuestra como la que brillaba en el cielo la primera vez que nos encontramos en el sueño lúcido.

—¿Recuerdas la primera vez que nos vimos? —le pregunto.

—Como si fuera ayer —me dice, y me muerde el lóbulo de la oreja juguetón.

—Te comportaste como un seductor, diciéndome que mi voz sonaba a blues bajo la luna llena.

—Es la verdad. Ahora, viéndonos aquí, lo que te aseguro es que si esa luna nos viera, tocaría nuestra canción una vez tras otra.

Cierro los ojos y disfruto del momento. Pau me abraza desde atrás rodeándome con la manta. Y yo lo tengo todo en la vida.

8

Tu risa
mis prisas,
suspiras,
mi abrigo
cobijo
mi amigo
mi todo
mis besos
tus manos
mi cuerpo
suspiro
tus dedos
gemidos
unidos
latidos
la vida
las vidas
las vidas...
UNIDOS.

Garabateo palabras sueltas que acuden a mi mente en memoria del reencuentro de ayer mientras Pau duerme a mi lado. Nos quedamos en la cama hasta tarde. He avisado a Bonnie y

Chris de que hoy pasaría el día aquí con Pau y les ha parecido genial. Tienen muchas ganas de conocerlo.

Nada más despertarnos nos quedamos un buen rato abrazados, entre dulces besos sin movernos de la cama. Hemos dormido toda la noche entrelazados. Sin soltarnos ni un segundo. Nunca había dormido tan a gusto con nadie. Y eso que apenas he podido moverme de lo apretados que estábamos el uno al otro, pero sorprendentemente me he sentido como nunca. Logramos levantarnos y nos damos una ducha juntos. Mientras el agua empapa nuestros cuerpos me atrevo a sacar el tema.

—Y ahora ¿qué?

—Eso digo yo... ¿Cuándo has de marcharte?

—La verdad es que tendría que volver pronto...

—No quiero perderte otra vez —me interrumpe Pau.

—Vente conmigo —me apresuro a decir sin pensar.

—No me lo digas dos veces.

—Vente conmigo —le repito a traición, sonriéndole.

—Me voy contigo.

—¿En serio? Estás loco. ¿Y tu carrera?

—¿Mi carrera? Mi vida está por encima de mi carrera musical. Además, Chicago siempre estará aquí. Me gustaría ir a pasar unos días contigo en Barcelona y ya planearemos después.

—Eres de los que cometes locuras.

—Como tú. —Su mirada cómplice me acaricia.

—Puedes quedarte conmigo en mi piso.

—¿No te da miedo meter a un desconocido en casa? —bromea.

—Al contrario... Me pone la idea —le devuelvo la broma.

—Uuuh... —Pau me hace cosquillas para jugar conmigo y me da un ataque de risa muy fuerte.

Nos vestimos y bajamos a desayunar. Bonnie y Chris ya han regresado. Les presento a Pau y hacen buenas migas desde el principio. A Bonnie le encanta la música de Pau, así que un halo de buen rollo tiñe la velada.

Chris nos propone hacer la trashumancia juntos. Dura dos semanas que estaremos en el bosque con los caballos, durmiendo cerca de ellos en tiendas de campaña. A Pau le encanta la idea y me dice que si yo quiero, él se apunta. La verdad es que me apetece quedarme unos días más aquí, y hacer algo así debe ser inolvidable. Así que, sin pensármelo mucho, acepto.

Al final, pasamos el día con Chris diseñando el recorrido. Pau se implica como si fuera uno más del rancho, y eso dice mucho de él. Mientras ellos planean la ruta, me tomo un rato para llamar a mis padres y ponerles al día de que Pau se viene conmigo a España y luego ya veremos. Mamá se alegra y se muere de ganas por conocerlo. La verdad es que me hace mucha ilusión enseñarle el pueblecito del Pirineo donde me crie y que conozca a papá y mamá.

Tras la larga conversación con mi madre, escribo a mis amigos y repito el mismo discurso a través de un audio de WhatsApp. Pablo y Max enloquecen con la idea y Marta se alegra mucho por mí, aunque ella, más cauta que los otros dos, me pide que vaya poquito a poco. Mi amiga, siempre tan estable y con la mínima capacidad de cometer locuras.

Dedicamos los dos días siguiente a ayudar a Chris y a Bonnie a decorar el rancho con motivos navideños, toda una experiencia americana. Un gran abeto repleto de luces y detalles, las coronas hechas por nosotras con ramas de pino, piñas y acebo en todas las puertas de la casa y las cuadras, y un sinfín de adornos que no se me ocurrirían jamás. Ha quedado precioso, una estampa de postal típica de las películas de Hollywood. Ha sido superdivertido hacerlo los cuatro juntos, sobre todo las manualidades que hemos preparado Bonnie y yo.

Tras muchos preparativos de comida, ropa y accesorios de acampada, emprendemos el viaje hacia lo alto de las montañas para encontrar la manada de caballos que ha pasado el verano pastando allí. Está todo nevado y el frío es realmente notable; menos mal que Bonnie me ha dejado ropa de abrigo. Cuando encontramos a la manada de caballos es un momento muy especial.

Las dos semanas de trashumancia pasan volando. Pau y yo hemos tenido la oportunidad de conocernos más a fondo, ya que Chris ha estado con su ayudante y nosotros hemos podido ir más a nuestro aire.

Le he contado mi infancia, mis relaciones, mis trabajos, y él lo mismo a mí. Se ha traído la guitarra y ha estado componiendo. Las noches en la hoguera, tumbados con sacos térmicos sobre la nieve, rodeados de animales salvajes, han sido realmente mágicas. Una experiencia que no cambio por nada. Dos semanas de desconexión total y absoluta. Dos semanas de supervivencia en condiciones extremas, aseándonos en las aguas heladas de los ríos, comiendo latas de conserva y caldos, y muchos aprendizajes sobre la vida en el bosque, gracias a Chris, que es un experto.

Me siento como si hubiéramos hecho un retiro espiritual; de hecho, es así como ambos lo hemos vivido. Chris nos ha ayudado en todo y enseñado un sinfín de cosas y contado mil hazañas. Pudimos parar dos días en unos pueblecitos muy pintorescos y comer y asearnos en condiciones. La verdad, lo agradecí muchísimo.

Ahora el tiempo aquí ha llegado a su fin y, tras mucho hablar con Pau, la decisión está tomada. Antes de salir para la trashumancia avisó a su *manager* para que le cancelara sus compromisos durante el próximo mes y compramos los billetes.

—No sabes lo que te vamos a echar de menos —me dice Bonnie abrazándome.

Suelto la maleta y le devuelvo un abrazo sincero.

—Ha sido breve, pero intenso. Toda una experiencia, ojalá hubiera podido ayudaros más.

—¡Qué va! ¡Ha sido perfecto! Un placer tenerte aquí. Esperamos que vuelvas pronto.

—Pienso volver seguro —le digo desde el corazón.

—Tenemos algo para ti —me dice, y me tiende una herradura donde en un extremo pone «Gracias»

—Oh, ¡qué detalle!

—Es una de las herraduras que le sacamos a Soul al llegar. —Bonnie sabe el vínculo que he creado con la yegua y su gesto me emociona.

—Mil gracias, de verdad. Hacéis una labor increíble.

—Pasadlo muy bien y no dejéis nunca de miraros así. —Bonnie se emociona.

—Campeón, gracias por la ayuda. —Chris abraza a Pau y le agradece el viaje por los bosques.

—A ti, Chris. Ha sido una experiencia genial. Gracias por la estancia, familia.

Nos despedimos y subimos al taxi que nos lleva al aeropuerto.

Dos semanas pueden parecer poca cosa, pero son más que suficiente para intimar con alguien y establecer vínculos para toda la vida.

Ayer nos despedimos de Jane, que nos invitó a cenar con ella, no como clientes sino como familia. Cenamos los tres juntos y estuvimos hablando mucho de su difunto marido, su vida, el amor y las casualidades del destino. Una mujer entrañable a la que no olvidaré jamás. Hemos prometido enviarnos cartas; será toda una novedad para mí escribir y enviar cartas postales, pero pienso hacerlo. Me he quedado con las ganas de hacerle algún detalle pero no me ha dado tiempo, pienso enviárselo desde España.

Llegué con una bolsa de viaje y me voy con el alma repleta de instantes, personas y aprendizajes. Hay viajes que te cambian la vida, y sin duda, este ha sido uno de ellos.

Ya en el aeropuerto, nos tomamos un café mientras esperamos nuestro vuelo. Esta vez no me toca correr tras la fugaz imagen de un Pau alejándose. Esta vez apoyo la cabeza en su hombro mientras las puertas de embarque no se abren. Esta vez estoy justamente donde tengo que estar. Pau me acaricia el pelo mientras descanso en su hombro, cierro los ojos y me relajo.

La vida es maravillosa y perfecta. Todo ocurre como tiene que ocurrir para que al final lleguemos donde tenemos que llegar. A veces duele, a veces no la entendemos, pero al final, siempre hay una recompensa.

Y justo cuando creí que todo había acabado
descubrí un mundo nuevo,
apareciste tú,
con tus ganas, con tus alas,
con tus armas.
Armas que han demolido todos mis miedos,
todos mis celos, todos mis peros.
Armas que no disparan balas,
armas que no disparan fuego.
Armas que unen,
que curan, que suman.
Y entonces entendí que nada acaba,
que las cosas, aunque parezcan terminadas,
no hacen más que empezar.

10

Un año después. Barcelona

Marta contempla la galería con los ojos abiertos de par en par.

—Tía, no tengo palabras. ¡Es una pasada! ¡Un sueño! —dice emocionada y realmente feliz por mí.

—¿Es como la imaginabas?

—Es mil veces mejor. Felicidades, de verdad. Te merecías esto y más.

Abrazo a mi amiga desde el centro de la galería que estoy a punto de inaugurar en unos días.

—Ahora entiendo por qué lo habías mantenido tan en secreto. Para nada imaginaba algo así. No sé… El local es increíble, pero la reforma que habéis hecho es brutal.

—Gracias. Estoy tan emocionada y nerviosa...

—Vamos a celebrarlo. Tenemos mucho por lo que brindar —me anima Marta.

—¡Y tanto! ¡Vamos!

Conducimos hacia el local donde hemos quedado con los demás para celebrar la gran noticia. Bueno, las dos grandes noticias del año. Marta y Billy se casan el mes que viene y en dos meses inauguramos el sueño de mi vida. De nuestras vidas.

—¡Hombre! Pensábamos que ya no vendríais. —Pau se levanta de la mesa donde nos esperan todos: Max, Pablo, Billy y él.

—Ya estamos aquí, cariño. —Beso en los labios a mi chico, que está tan radiante de felicidad como todos los que hoy brindamos juntos.

—Hemos pedido una buena botella de cava para brindar —nos anuncia Max.

—¡Qué clásico eres! —se burla Pablo.

—No empecemos, que te hago brindar con agua, ¿eh, gordi? —se rebela Max con cariño ante su novio.

—Chicos, de verdad, habéis hecho un trabajo increíble. El local ha quedado de revista —nos felicita Marta.

—Es lo que tiene tener un novio que es un *crack* de la arquitectura. —Dedico una mirada tierna a Pau.

—Bah, el mérito es de ella. Lo ha tenido todo claro desde el principio, cómo lo quería todo, dónde iba cada cosa... Yo solo he seguido a mi musa —pronuncia Pau con un español ya casi perfecto.

Le doy un beso cálido y largo en los labios.

—Me parece un gran acierto haber unido vuestras tres pasiones en un solo espacio. Arquitectura, arte y música. Es innovador en Barcelona. Triunfaréis. —Billy también nos felicita.

—Pau siempre había soñado con dedicarse a la arquitectura pero sin dejar la música.

—¿En seriooo? No teníamos ni ideaaa. —Pablo se burla de mí, pues están cansados de oírme hablar de Pau.

—Serás capullo —le digo y le planto un mordisco en la cara.

—Tonta, que me quitas el polvo matizador.

—¿No me digas que has vuelto a usar polvos?

—Sí, muchos —me contesta con un doble sentido y mirando a Max.

Reímos, bebemos y hablamos de los propósitos de año nuevo que tenemos cada uno de nosotros.

—Yo, después de la boda, pienso enredar a Billy para tener muchos hijos. Me muero de ganas ya.

—¿Y perder ese maravilloso cuerpo que tanto te ha costado esculpir? —le recuerda Pablo.

—Pues sí, me da igual. Quiero hijos, muchos —le contesta Marta a Pablo, que siempre la está picando.

—Mi abuelo siempre decía: «Mujer feliz, casa feliz». Así que... —bromea Billy dando a entender que está de acuerdo con los planes.

—Pues nosotros este año nuevo nos queremos mudar. Queremos un ático cerca de la playa. Estamos empezando a mirar —nos anuncia Max.

—Si necesitáis ayuda, no dudéis en decírmelo —se ofrece Pau.

—Gracias, *man*. —Pablo le pasa un brazo por encima del hombro.

—Pues nosotros vamos a dedicarnos de sol a sol a que nuestra nueva empresa funcione. Y si todo va bien, a finales de año viajaremos a Illinois a visitar a la familia de Pau y a nuestros amigos del rancho.

—Os dais cuenta de que nos hacemos mayores, ¿verdad? —dice Marta nostálgica.

Todos estallamos a reír.

—Eso parece —le doy la razón y hago un vago recorrido a todo lo vivido en los últimos años.

—Hablando de bodas, hijos, empresas y buscar una casa en la playa. —Max da énfasis a la reflexión de Marta.

—Me alegro tanto por todos. Hemos logrado llegar donde queríamos llegar —remato.

—Sí... —Pau me besa en los labios.

Y entre tapas, cava y risas, pasamos la noche hasta que no podemos más.

Llegamos a casa tras una velada genial, mi precioso piso de soltera que se ha convertido en nuestro hogar este último año y donde ahora está todo empaquetado, listo para la mudanza.

—No me puedo creer que sea la última noche —le confieso a Pau algo nostálgica.

—Un año…

—Cómo pasa el tiempo, ¿no?

—Pues sí.

—Vine para unos días y tu conjuro, tus ojos y tu magia negra me hicieron no querer irme jamás —bromea y me sienta encima de él en la cama.

—Magia negra, ¿eh? —bromeo sacándole la camiseta de golpe.

—Uy... La bruja se pone agresiva.

—Conque bruja, ¿eh?

—Sí, bruja, porque lo que me has hecho no puede llamarse de otro modo que no sea magia.

Me quita la camiseta y me deja con los pechos al aire.

—Soy tan feliz que me avergüenza reconocerlo. —Uso las palabras de Jane, pues entiendo a la perfección a lo que se refería.

—Conozco la sensación.

—Me muero por mudarnos a nuestro estudio. Y vivir y trabajar juntos, y seguir cumpliendo sueños y haciendo planes a tu lado.

—Hace mucho que no escuchamos la canción de Leon Bridges, ¿no?

—Es verdad… Ponla en el tocadiscos, porfi.

Pau se levanta quitándome de encima con mucha delicadeza y se acerca al antiguo tocadiscos de papá. Pone el vinilo y se vuelve hacia mí solo en tejanos.

Se sienta encima de mí en la cama, en la vacía habitación a punto para ser abandonada.

—Vamos a despedirnos de este pisito como Dios manda, ¿no? —me seduce mi chico.

Ha quedado tan atrás que Pau sea producto de mis sueños lúcidos conectados a una máquina que parece hasta una broma. Pau empieza a recorrerme el cuello a besos y mi piel se eriza al instante.

—Tengo tantas ganas de inaugurar el estudio-galería como de viajar a Estados Unidos para visitar a todos y que puedas grabar tu primer disco. Te juro que soy tu mayor fan.

—Todas las canciones que he compuesto para el disco son para ti, es de locos.

—Ná, solo es un hechizo, ya sabes. —Le devuelvo los besos en el cuello y nos encendemos sin poder evitarlo.

Pau me besa, me besa como lo hace cada día. Porque no faltan besos, caricias ni palabras de amor en esta casa.

Ambos nos quedamos mirándonos mientras suena la canción que nos unió y nos quedamos inmóviles, sin besos ni caricias. Pau está tumbado encima de mí, piel con piel, y mirándonos a los ojos, por un instante desconecto de este plano espacio-temporal y recuerdo a la mujer asustada que lloraba abrazando a su hija en el campo de concentración, como si fuera un *flash*. Puedo sentir su dolor, veo la escena como si se tratara de una película. Siento la desesperación de su marido por encontrarlas.

Y de repente veo otra imagen, parece mucho más antigua: Pau sigue mirándome fijamente y sus ojos parecen ventanas a otros mundos, a otras vidas, a otras vidas juntos. Veo a esa misma mujer, mucho más joven, haciendo el amor con aquel hombre, y sé que somos nosotros. Haciéndonos el amor con otros cuerpos. Y entonces veo a una niña, es un recuerdo mucho más antiguo, juega con un niño a la orilla de un río y se ríen y se dan la mano, y ya no son esa mujer y ese hombre, son diferentes, pero también somos nosotros.

Y otro *flash*. Dos personas, borrosas, entrelazadas…

Pau entra en mi interior mientras sigo viendo todas estas imágenes, nunca jamás me había pasado algo así. Empieza a hacerme el amor y me susurra:

—Te conozco desde hace tanto tiempo… Puedo verlo.

—Yo también lo veo —le confieso.

—No volveremos a perdernos, pero si por lo que sea lo hacemos, volveré a encontrarte como te prometí tantísimos años atrás.

A Pau se le derrama una lágrima y veo en él las lágrimas del marido que no puede reencontrarse con su mujer y su hija, veo al niño que juega a la orilla del río con la niña. Veo todo. Solo son *flashes*, pero tan reales como Pau haciéndome el amor en esta vida.

El tiempo no existe. Me abrazo fuerte a su cuerpo y me prometo a mí misma que nada me hará perder la fe en el amor jamás, que nadie podrá herirme nunca más, y mientras Pau se mueve con cariño y pasión, yo lo tengo más claro que nunca.

Nada ni nadie puede hacerte feliz, porque ya lo eres. Ya lo eres. Solo has de saberlo; después la vida ya se encargará de que vivas todo lo que tengas que vivir. Pero lo primero es eso, ser feliz uno. Si algo he aprendido junto a Pau es eso. Que ya era feliz, que siempre lo fui, solo necesitaba recordarlo.

Saco mi antiguo cuaderno, ese que guardo con tanto mimo, pues encierra una historia. Nuestra historia. Y decido mirar la página en blanco e imaginar en ella todo lo que nos queda por vivir.

Otros libros de Dulcinea que también te gustarán

SUENAS
A BLUES
BAJO LA LUNA
LLENA
PAOLA CALASANZ
(DULCINEA)

Suenas a blues bajo la luna llena

Si alguien inventara una máquina capaz de sumergirte en un sueño lúcido a través del cual descubrieras cómo sería tu vida ideal, ¿te atreverías a probarla? Violeta, cansada de echar de menos a su exnovio Tomás y de no acabar de sentir lo que tendría que sentir por Yago, ni por su trabajo actual en la galería, no lo duda ni un momento. Lo que Violeta no espera es que un fallo en la máquina cambie su vida por completo haciendo que un chico misterioso, Pau, aparezca en sus sueños. Un mundo totalmente inesperado se abre ante ella el día que sueña con él por primera vez y siente de inmediato una conexión eléctrica y especial; un chico que con solo su mirada parece mostrarle el verdadero sentido de la vida, del amor y de la muerte. Porque hay relaciones que trascienden nuestro plano de existencia. El problema de Violeta vendrá cuando despierte y se percate de que encontrar a Pau en la vida real no es tarea fácil.

REFLEXIONES, LIFESTYLE Y RECETAS VEGANAS

EL CUADERNO DEL BOSQUE

PAOLA CALASANZ
(Dulcinea)

rocaeditorial

El cuaderno del bosque

BIENVENIDO A LA NATURALEZA MÁS SALVAJE
Y A LA BELLEZA DE LA VIDA NATURAL.

Un cuaderno que te invita a contemplar con Dulcinea el atardecer, a saborear sus recetas favoritas y a conocer más sobre su estilo de vida. Un cuaderno tan auténtico como personal en el que se entrecruzan las reflexiones, recetas y aprendizajes de Dulcinea, su trayectoria vital, sus ideales y principios, y su manera de entender el mundo tras alejarse de la vida convencional, de la civilización y adentrarse en la vida salvaje del bosque.

El día que sueñes con flores salvajes
DULCINEA
(Paola Calasanz)

El día que sueñes con flores salvajes

Flor es una fotógrafa española de éxito que vive en Nueva York, adicta a la moda, a las redes sociales y a los lujos de la Gran Manzana, hasta el día en el que Jake, un sureño muy especial, se cruza en su camino. Juntos vivirán un romance apasionado, un proceso de crecimiento personal y un momento de inflexión que hará que ambos tengan que tomar la decisión más importante de sus vidas. Una historia que te emocionará, que te hará descubrir que no todo está en la red ni en cómo nos mostramos en ella y que te conectará con la naturaleza de un modo único. Porque allí están las claves para saber quiénes somos realmente. Porque el día que sueñes con flores salvajes empezarás a ver la vida de una manera distinta.

El día que el océano
te mire a los ojos
DULCINEA
(Paola Calasanz)
rocaeditorial

El día que el océano te mire a los ojos

UNA HISTORIA SOBRE LA ESPERANZA, LA PASIÓN Y LAS FUERZAS IMPLACABLES DE LA NATURALEZA.

Aurora es una artista libre e impulsiva que vive rodeada de velas en un precioso estudio frente a la playa de un pequeño pueblo al sur de California. Adora las piedras naturales, los gatos y andar descalza contemplando el cielo nocturno. Pero todo da un vuelco el día que descubre que le quedan pocos meses de vida y, por si fuera poco, que su chico le ha sido infiel. Es entonces cuando decide dar un giro radical a su manera de entender el mundo, que coincide con la llegada al pueblo de Narel, el nuevo guardafauna marino que pondrá patas arriba su existencia. Junto a él emprenderá un viaje en el que no solo conocerá la belleza de las ballenas del Pacífico, sino también la magia del amor y la importancia de vivir cada momento como si fuera el último.

El día que sientas el latir de las estrellas

UNA NOVELA LLENA DE AMOR, EMOCIÓN Y BELLEZA, SOBRE EL PODER DEL PASADO Y LA IMPORTANCIA DE VIVIR LA VIDA SIEMPRE COMO UNA AVENTURA.

Isla es neurótica, controladora y arrastra algún que otro trauma de la infancia. Vive con sus tíos en Australia y nunca ha salido de allí. Tras una vida de comodidades decide viajar a África para reencontrarse con su padre, que dirige un orfanato de gorilas. Fue allí también, en la República Democrática del Congo, donde su madre desapareció cuando ella era solo un bebé. Isla se encontrará en plena selva tras un accidente y allí no solo se topará con rebeldes, guerrillas, cazadores furtivos y una naturaleza inabarcable, sino también con el erotismo y una historia de amor salvaje. A lo largo del viaje se reencontrará con su pasado y se desvelará un enigma que cambiará su vida para siempre.

Este libro utiliza el tipo Aldus, que toma su nombre
del vanguardista impresor del Renacimiento
italiano, Aldus Manutius. Hermann Zapf
diseñó el tipo Aldus para la imprenta
Stempel en 1954, como una réplica
más ligera y elegante del
popular tipo
Palatino

*Si la luna nos viera
tocaría nuestra canción*
se acabó de imprimir
un día de primavera de 2019,
en los talleres gráficos de Liberdúplex, s.l.u.
Sant Llorenç d'Hortons (Barcelona)

SUENAS A BLUES BAJO LA LUNA LLENA

PAOLA CALASANZ
(DULCINEA)

rocaeditorial

SERIE LUNA
PRIMERA PARTE